JN194038

NIKO.F

幻冬舎MC

逆境

生立ち

勝也（かつや）は昭和40年代に大阪に生まれた、現在50過ぎのバツイチ男性。二人姉弟の長男である。

勝也の記憶にはないが父親は3歳の時に亡くなったようで、物心ついた時には、事業団アパート（現在の雇用促進住宅）に母と姉の3人で住んでいた。シングルマザーだった為、母の弓子（ゆみこ）は仕事が忙しく、いつも家に居なかった。2歳上の姉は穏やかな性格で、ごく普通の大人しい女の子だったが、勝也はやんちゃ坊主だった。祖父母は同じ階に住んでいたが、ほとんど勝也の家に来る事はなく、勝也はお腹が空いたら自分で冷蔵庫の鮭を焼いたり、パンの耳を油で揚げ、砂糖を付けて食べていた。当時はまだ保育園に通っていたので、おそらく5歳か6歳くらいだ。かなり危険な行動だ。

弓子は酔っ払って夜中に帰ってきて、時々洗面器に吐く事があり、勝也は子供ながらに心配していた。だからと言って勝也は決して悪い親だとは思っていない。不器用で男っぽい性格だが、冬の寒い時には布団の中で勝也をぎゅっと抱きしめ、冷えた足を太ももで挟んでくれた。

その頃、休みの日には弓子の知人の優しいおっちゃんが家に来て遊んでくれたり、旅行などにも連れていってくれたりしていた。勝也が小学校に上がると自転車を持ってきてくれる優しいおっちゃんだった。

勝也が小学2年生の頃、そのおっちゃんがお父さんになった。おっちゃんの家は昔からある酒屋さん。凄く大きな家でお金持ちに思えた。食卓には毎日ご馳走が並び、小学2年生の勝也より、大きな犬を飼っていた。その家にはお婆ちゃん、そしてお兄ちゃん二人とお姉ちゃんが一人居て、勝也は大家族の5人兄弟の末っ子になった。末っ子だからか、お婆ちゃんから可愛がられ、夜ご飯はお腹いっぱいになるまで食べさせてもらっていた。母と姉と3人で暮らしていた時は生卵1個に醤油をたっぷり入れて姉と二人で分けていたり、お茶漬けのりは二人で半分こ、豆腐を潰して醤油をかけて丼ぶりにしたり、かなり貧しい食事だったので、新しい家での生活は夢のような毎日だった。

新しい小学校へは2年生の3学期から転校した。その当時はシングルマザーや親の再婚、ましてや転校などほとんどない時代で、転校生はイジメの的になる事が多かったが、勝也は人一倍気が強く従兄達に鍛えられていたので黙ってイジメられる事はなく、むしろ立ち向かっていった。

小学3年生の夏休み、近所の神社で蝉取りをしていたら弓子が泣きながら迎えに来て、勝也は何も分からないまま、親戚の家に預けられた。そして、夏休みが終わる頃に弓子が迎えに来てくれ、家に帰ったが、そこは全然知らない家だった。2階建ての古い小さな家で、トイレも下から手が出てきそうな雰囲気だった。夏には玄関横のトイレのマンホール辺りからウジ虫が上がってきていた事もあった。

引っ越ししても学校は同じだったが、地区が変わる事で登下校の時には近所の年上の子からイジメられた。しかし勝也は相手が年上でも喧嘩をしていた為、みんなからは頭のおかしい奴だと思われていたようだ。そんな事もあって遊んでくれる友達はおらず、いつも一人で家に居る事が多かった。

家は変わったが、お父さんは居た。実の姉と義理の姉が一緒に住んでいた事もあったり、義理の兄が住んだりもしていた。時には兄の友達が数人来て袋に液体を入れて吸ったり吐いたりしていた。兄達の真似をして勝也もやってみた事があるが臭くて気持ち悪くなり兄達のようにはいかなかった。

兄は勝也に優しく、近所の年上の子にイジメられた事を知ると、相手の所へ一緒に文句を言いに行ってくれていた。夜には兄と二人で2階のベランダから家を出た。兄は勝也にバイクの運転を教えたり、鍵がないバイクのエンジンのかけ方を教えたりもしていた。

小学6年生の頃に引っ越しが決まり、また転校する事になった。弓子が働いていた喫茶店の経営者のおばちゃんと同じマンションに住む事になった。そのおばちゃん家族とは勝也が5歳か6歳くらいの頃から付き合いがあり、親戚のような関係だった。

　そのおばちゃんには勝也と同い年の女の子紗香（さやか）と、その下に二人の妹が居た。そのおばちゃんはお金持ちで、大きな車に乗って焼肉に連れていってくれたり、その喫茶店に行くと自分の顔より大きなオムライスを作ってくれた。その家族にはお父さんは居なかったが、色の黒いおじさんがよく来ていた。おばちゃんは引っ越しと同時にその喫茶店を閉店し、そのマンションの1階にスナックをオープンした。

　勝也は、また新しい学校に変わるので、今度こそ喧嘩はせずに友達を沢山作ろうと意気込んでいたが、やはり転校生はイジメの的にされ、1週間ほどで喧嘩になってしまった。

　これだけ頻繁に引っ越しや転校を繰り返すと、その間に教科書をなくす事もあるし、先生の教え方も違ったので、授業に集中できず、まったく勉強に付いていけなかった。その上、兄の影響もあって、とんでもない不良になっていた。

　また、大家族の末っ子になった小学3年生の頃から美味しい物をお腹いっぱい食べる事を覚え、自分で料理を作り思いっきり食べていたので、勝也は典型的な肥満児になっていた。かなり太っていたので、母の知り合いから相撲を勧められ、毎週日曜日には相撲道場で稽古をしていた。

その後、小学5年生からは姉の影響もあって、少年バレーのチームにも入っており、6年生からはバレーと相撲を掛け持ちする、動けるデブだった。進学した中学校は複数の小学校が集まる市内では一番大きなマンモス校だった。不良に仕上がっていた勝也は入学式の翌日に喧嘩をし、その翌週にも同級生と殴り合いをした。

バレーや相撲をしていた勝也は、喧嘩で負ける事はなかった。ただ、小学生の時とは違ってみんなが避ける訳でなく、むしろ友達になろうと言い寄ってくる子も居た。そんな周りの影響もあってか、中学生時代は喧嘩やタバコ、シンナーに窃盗など、悪い事ばかりしていた。

弓子はおばちゃんのスナックで働いていたので夜はおらず、勝也はやりたい放題の生活をしていた。そんな事もあって、夜は毎日おばちゃんの家に行き、紗香と遊んでいた。毎日毎日遊んでいたので、互いに意識するようになり、中学3年生の時から交際する事になった。勝也は親の言う事も、先生の言う事も聞かなかったが、紗香の言う事だけは聞いていた。本当に紗香の事が好きでたまらなかったからだ。紗香に嫌われるのが怖く、紗香の言いなりだった。勉強は相変わらずまったく付いていけなかったが、その頃から紗香と一緒に登下校するようになり、遅刻もせず、授業もさぼらず真面目に受けていた。

勝也の担任の先生はテレビドラマに出てくるような熱血教師で、どうしようもない不良の勝也と向き合ってくれ、高校に進学しても直ぐに辞めるのが分かっていたので、中学卒業後の就職先を世話してくれた。その先生の大学の同級生が庭職人の親方だったので、勝也はそこへ就職する事になった。

その頃、弓子はおばちゃんのスナックを辞めて自分でスナックをオープンした。オープン当初からお店は繁盛していたようで、弓子は「昨日は売上が10万円を超えた」などと喜んでいた。お店の帰りには焼き鳥やおむすびなどを持ち帰ってくれる事もあったり、勝也は何となく幸せを噛みしめていた。

そんな風にして勝也は中学を卒業し仕事を始め、紗香は進学し高校に通い、全てが順調だった。ある日、弓子が急に真剣な顔で「話がある」と言ってきた。ただ事ではないと感じた勝也は正座して黙って弓子の話を聞いた。

「お母さんの旧姓か、実のお父さんの姓か、どっちにする？」

勝也は迷わず実の父の姓を選んだ。勝也は弓子の離婚には何も感じなかった。なぜなら、ほとんど会話をした事もなかったおっちゃんは勝也にとってあくまで「優しいおっちゃん」のままであり、お父さんと呼んだ事もなかったからだ。しかし、弓子の経営しているスナックがお父さんの名義だったらしく、離婚と同時に店を辞める事になったのにはかなりの衝撃を受けた。

弓子は離婚後無職になり、パチンコで生計を立てていたようだ。勝也は月に3万円の生活費を入れていたが、当然それだけで生活がやっていける訳はなく、不安が募るばかりだった。

当時の勝也は庭職人の見習いだったので日当5千円、雨の日は休みになるので月収にすると多くて12万円、少ない時には9万円くらいだった。その為、親方に事情を話し、同級生の働いている職場なら1日6千円以上貰えて雨でも休みにならないので、そちらへ行きたいと伝えた。すると親方は同じ金額に給料を上げると言ってくれた。

しかし、しばらくして親方が言った。「一度辞めると言ったら働きにくいな。勝也くんはそんな性格やもんな」その時、勝也はうなずくしかなかった。

その後、転職した先では直ぐに遠方へ泊まりの出張、それも数ヶ月。紗香と会えなくなるし、友達とも遊べない、かなり嫌だったが出張を断る事ができず、行く事になった。出張先では、毎日仕事をして銭湯へ行き食事して寝る、その繰り返しだった。ただ、それくらいなら辛抱もできたが、同僚のおっさんからのイジメが耐えられなかった。しばらくは辛抱したが、勝也は短気で我慢できない性格だったので、そのおっさんに文句を言い返すようになった。すると、おっさんのイジメもエスカレートしていき、しまいには寝る前に勝也の布団にオレンジジュースをぶちまけたのだ。

その日、勝也はみんなが寝静まるのを待ち、こっそりと旅館を抜け出した。深夜、歩いて駅まで行き、そこに居たホームレスのおっちゃんと語り合いながら、始発の電車を待って自宅へ帰った。

勝也のこの時の給料は庭職人の見習いの時より少し上がっていたが、無職の母と高校に通っている姉との生活は決して楽だとは言えない。もっと高収入の仕事を探す事にした。

その後同級生の友達の父親に相談し、紹介してもらった高収入の仕事に就いたが、朝が早く重労働の、かなり過酷な仕事だった。ただ、昼頃には終わり、福利厚生もしっかりしており、月収は手取りで30万円を軽く超えていた。勝也と一緒に働いていた人達は酒飲みばかりで、当時勝也は16歳だったが、毎日仕事帰りには立飲み酒屋、夜にはスナックへ連れていかれていた。

そんなある日、スナックで職場の先輩と喧嘩になり、仕事を辞めざるを得なくなり、退職する事になった。

勝也が以前から時々通っていたお好み焼き屋があり、そのお店のご主人も同じような仕事をしていたので、相談に行くと「明日からでも来い」と言ってくれた。同じ職種でも、以前の職場よりもっともっと過酷な仕事で、労働時間は長く休憩も福利厚生もない。毎日、全身が筋肉痛になる。その筋肉痛に慣れてくると、肘の関節や股関節、そして腰に激痛が走る程で、マッサージやシップ薬を貼り寝るようにしていたが、時には痛みで目が覚めるほどだった。

しかし、良い時には軽く50万円以上も稼げた。毎月、家にも10万円以上入れる事ができるようになり、弓子も「いつもすまんな、助かるわ」と喜んでくれ、金銭面では少し生活が楽になった。

こうしてやっと順調に行き始めた矢先、友達から連絡が入る。まだ庭職人の見習いだった頃に、よく一緒にバイクで走り回っていた友人だ。

なんと、当時数台で街の中を暴走した件で警察から連絡が入るという。1年以上前の事だったので少し驚いたものの、大した事にはならないだろうと安易に考えていたが、その時一緒にバイクで暴走した友達が次々とみんな逮捕され、少年鑑別所に収監されており、勝也にも刑事から「○日○曜日の午前7時に迎えに行く」と連絡が入る。

多人数で暴走していたので他の地区の友達、そして勝也と同じ中学の同級生が捕まった後、勝也は最後の逮捕者になった。勿論、取り調べも証拠も先に逮捕された連中から聴取しているので言い訳などできない。

勝也の当時の仕事は下請けで、その日の仕事は何があっても休む事も延期する事もできない仕事だった。リーダーのおっちゃんと年上の先輩と勝也の3人、もし誰か一人でも休むと大変な事になる。

リーダーのおっちゃんは凄く厳しく怖い人だった。勝也は下手に言い訳をしても無駄だと思い正直に話す事にした。するとおっちゃんは意外にも「ここに来る前の事やから仕方ないな。次はないぞ」と言ってくれた。ほっとした勝也が日時を伝えると、おっちゃんは当日、ギリギリまで仕事してから行けと言う。勝也は内心「えーーーっ」と思ったが、うなずくしかなかった。

仕事は早い時で深夜3時、遅い時で4時半から始まる。その日の仕事は何時からだったか覚えていないが、得意先のお客さんを2件ほど終わらせて家に帰った。すると、既に刑事が4人も待っていた。勝也はドロドロの作業服で臭いも凄かったので「風呂だけ良いですか?」と言った。刑事も嫌がるほどの臭いと汚れだったので、勿論ＯＫしてくれた。

風呂から出ると、事件当日に着ていた服と写真があれば用意するよう言われ、それらを持って連行された。勝也はこの事件での最後の逮捕者だったので、事情聴取や面倒な事はなく、事はすんなり進んだ。留置所から拘置所、そして少年鑑別所へと移り、約1ヶ月の間、反省の日々が続いた。勝也はこの事件で一緒に暴走した数人の同級生の中のリーダー格だったので、下手すると少年院まで行くかもしれないと言われて不安で仕方なかった。

そして最終日、勝也は荷物を纏めて裁判所へ向かった。裁判官から何を言われたのか覚えていないが、初犯だったので少年院には送られず保護観察処分。今まで悪い事ばかりしていたが、運良く一度も捕まった事がなかったからだ。

勝也はこの時に、これからは仕事一筋で真面目に頑張ろうと固く決意した。

出所後

裁判所を出ると眩しいくらいの太陽の光。そして満面の笑みで迎えてくれた母。ニヤニヤしながら車を指さしている。車を乗り替えていたのだ。軽四自動車だが新車を買っていた。勝也はびっくりしたが嬉しそうな母を見て勝也も嬉しくなった。

母は勝也の逮捕後から不安になったのか、前に喫茶店で一緒に働いていた人の経営しているスナックで働かせてもらっていたので車を乗り換えたのだろう。

勝也はその車に乗り込むや否や、母にケンタッキーフライドチキンに行きたいとお願いした。過酷な労働でさらにかなりの大食いになっていたので、鑑別所の中では食べ物の事ばかり考えていたのだ。出所したらそのままケンタッキーフライドチキンと決めていた。

勝也は当時2千円くらいしていた大きなパーティーBOXを注文し、母の新車の中でむしゃぶりつき、一気食い。手は油まみれ、食べかすもポロポロこぼしていたが、母は怒るどころか、勝也の食いっぷりに驚いたようで、笑いながら勝也を見ていた。

「早く家に帰りたい。早く紗香に会いたい」

マンションに着くと紗香は待ってくれていた。紗香は勝也の顔を見た瞬間泣き出した。紗香は涙もろく、直ぐに泣く性格だった。勝也は笑顔で紗香を抱きしめた。紗香は、お母さんが出所祝いにご飯を作ってくれているからと、勝也を家に招いてくれた。紗香の家庭は在日韓国人。おばちゃんは料理が上手で、テーブルには韓国料理などご馳走だらけ。勝也は動けなくなるまで食べ続けた。

そして食後、勝也の部屋へ行き、二人きりになると、紗香はまた泣き出した。出所を喜んでくれての涙だと思ったがしばらくして紗香は真剣な顔で告げた。

「妊娠したかも……」

勝也は一瞬、心臓が止まったかと思うほど驚いた。しかし迷う事なく言った。

「産もう」

紗香は母親に言うのを恐れていた。それもそのはず、紗香の家は母親には絶対に逆らえない家庭だったからだ。決して口うるさい親でもなく厳しい訳でもないが、母親が絶対的権力を持っていたのだ。

そこで、まずは弓子に相談した。

「おかん、紗香が妊娠したみたいなんや」

弓子はこうなる事が分かっていたのか、動じる事なく言った。

「検査したんか？　薬局に行って検査キット買って検査してみろ」

検査の結果、やはり妊娠していた。しかし、勝也の決心は固かった。

「もちろん産んで育てる」

すると、弓子は勝也の決意を受け止めて力強く言った。

「お前ら結婚するんやったら駆け落ちする覚悟で一緒になれよ」

そう言われる事を何となく分かっていたが、勝也はその事には触れていなかった。弓子がおばちゃんのスナックを辞めた時から弓子と紗香の母親とはまったく交流もなく不仲になっていたからだ。そんな事は関係なく、勝也は駆け落ちでも何でもして一緒になるつもりだった。紗香も覚悟を決めていた。まだ17歳だったが、死ぬ気で働いて子育てする覚悟はできていた。

紗香は自分の母親に妊娠を伝えた。

紗香の母親、江美（えみ）は子供の意見を尊重する人だったが、この時だけは違っていたようだ。

大反対の上、かなり酷く言われたようで、それには紗香も逆らえず、中絶する事になった。勝也は頭がおかしくなりそうになり紗香にも当たってしまった。

「母親の意見なんて関係ないやろ。駆け落ちする覚悟はできとるって言うたやろ」

紗香は泣きじゃくるばかりだった。紗香は母親には絶対に逆らえない。勝也もまだ未成年で何もできない。この感情はどこにぶつければ良いのか。勝也はどうする事もできなかった。

そして、江美は1日でも早い方が良いと、直ぐに産婦人科へ紗香を連れていき中絶手術をする事になった。


手術当日、勝也は受け取りの仕事でどうしても休む事ができないので仕事に行った。帰った頃にはお腹の子は居ない。仕事も集中できず、一緒に働いていた人達に迷惑をかけていただろう。

仕事が終わり帰ると、紗香がマンション2階の廊下から顔を出して待っていた。

「大丈夫やったか?」

すると紗香は大泣きしながら意外な事を言った。

「お母さんが許してくれた」

紗香が病院で、「絶対に産みたい」と江美に泣きながら訴えたそうだ。勝也は今までの人生で一番と言って良いほど嬉しく、喜んだ。

勝也が江美に会いにいくと、もの凄く怖い顔でこう言われた。

「父親代わりのおじさんに話しなさい」

いつも来ていた色の黒いおじさんの事だ。紗香の亡くなった父親のお兄さんだそうだ。

勝也は、そのおじさんに妊娠を伝え、「結婚させて下さい」と頭を下げた。そのおじさんは、色が黒くあまり笑顔のない怖そうな人だったので、かなりビビリながら伝えた。

しかしおじさんは珍しく笑顔になった。

「ええこっちゃ」

おじさんは勝也の事を嫌っていなかったようだ。その後、仕事の話や収入の話をすると、おじさんは「勝也くん、なんぼ稼いでいても自分の身体が使えなくなったらあかんような仕事はどうなのかな？」と心配そうに言った。

おじさんは建築関係の親方をしている人だった。そしておじさんは続けて「自分の身体一つで稼げる金なんかしれとる。人を雇って稼ぐと二人なら1・5倍、3人以上ならもっともっとや」と言ってくれた。

この頃から勝也の仕事への考え方が変わっていった。

新生活　結婚

勝也はまだ17歳。今思うと、この頃から勝也の人生はおかしくなり始めたのだと思う。

あれだけ反対していた紗香の母親は手のひらを返したように優しくなり、考えられないくらい良くしてくれるようになった。

色の黒いおじさんも毎週日曜日には焼き肉や高級中華料理など外食に連れていってくれて、勝也や紗香の事を、まるで腫物に触るかのように扱ってくれた。この時の勝也は少年鑑別所から出所したばかりだったが、月に50万円、多い月には80万を超える収入があり、出所前からの貯金が１５０万円程あったので、職場のリーダーのおっちゃんに色々とアドバイスを貰って、不動産屋さんを回り自分のお金でハイツを借りた。

そして、結婚生活がスタート。ある日、仕事から帰ると部屋には電化製品やタンスなどが一式揃っていた。紗香に聞くと、江美が買ってくれたと言うのだ。勝也は感情を抑えきれず、ブチ切れた。勝也は人に世話になるのが苦手な性格で、収入もあり、自分達の事は自分でするべきだと思っていたからだ。

「お母さんには毎月10万ずつでも返していけ」

この日、一緒に暮らしてから初めての大喧嘩をした。

勝也の母の弓子はお金がなく、自分が食べていくのに必死だったので、当然何もできない。弓子はいつも「お母さん何もできないけど……すまんな」と言っていた。それに引き替え紗香の母親の江美は喫茶店を経営していた当時からゲーム機などの収入で、相当儲けていたらしく、お金持ちだった。古き良き昭和時代、喫茶店は競馬やマージャンなどの賭博ゲームを置いており、かなりの収益があった。江美は、段ボール箱がお札の山だったと言っていた。指輪や毛皮のコートなど数百万円の買い物をしていた。勝也には価値は分からなかったが凄い事だけは理解していた。

そして、江美はスナックをしてからも美人ママで接客上手、お店は大繁盛していた。勝也も一緒に住んでいたマンションの1階がお店だったので、お客さんの出入りを毎日見ていたからよく分かっていた。

しかし勝也は、いくら江美がお金持ちだからと言っても、世話になりたくなかった。変なところでプライドが高かった。しかし江美には、この頃からお金の力で圧力をかけられていたのだろう。そして、異常なまでの可愛がりで、勝也は次第に何も言えなくなっていった。

二人での生活がスタートして直ぐに紗香の妹が泊まりに来るようになった。勝也は嫌だったが何も言えない。その妹は当時中学生だったが学校には行っていなかった。

江美も、行かなくて良いと言っていたようだ。

勝也はこの頃には仕事も増やし、家に帰っても直ぐに寝て、深夜1時や2時に起きて仕事に出ていたので、紗香も寂しかったのだろう。妹の事ではよく喧嘩もしていたが、小さい頃から知っていたので我慢する事ができた。

そして、子供が産まれた。産後1ヶ月くらいの間、勝也達は紗香の実家で生活し、勝也はそこから自転車で出勤しクタクタの身体で帰っていた。往復2時間の道のりだ。

そして約1ヶ月後、自分達の家に戻った。

当然、子供の世話を手伝うという名目で妹も付いてきた。通うのではなく長期の住込みだった。今更だが、最初から断るべきだったのだ。勝也も紗香も甘えていただけだ。紗香は仕事もしておらず専業主婦だったので、妹に頼らず頑張るべきだったと思う。

だが、当時18歳になったばかりの勝也達にはそこまでの知恵はなかった。

そして勝也が18歳になったタイミングで入籍の手続きをし、二人は本当の夫婦になった。朝晩には肌寒くなる秋頃の事だ。その後直ぐに二人目の妊娠が分かり、これから先の事を考え、転職を考える様になった。

勝也は取り消しになっていた免許を取得し、紗香のおじさんに相談した。おじさんはウチに来て仕事を覚えて独立しろと言ってくれた。しかし当然見習いからのスタートなので給料は激減してしまう。おじさんは身内だからと通常より高い日当を出してくれたが、それでも勝也の収入は今までの半分以下。

勝也はおじさんに、前職の仕事をバイトとして続けながら雇ってもらうようにお願いした。週に3日から4日は深夜2時から朝6時まで前職のバイトをして、その後に建設現場に向かう。そんな生活が始まった。

現在の若者はゆとり世代で仕方ないかと思うが、当時の18歳でも同じようにできる人間は中々居なかっただろう。現に、勝也の同級生や同年代の知り合いは無職だったり、中々仕事が続かなかったり、ヤクザになっている友達も数人居た。

これからは、色々と大変になるという事で、江美の居るマンションに引っ越す事になった。紗香の提案だったが、弓子も同じマンションだったので勝也も嬉しく思い、受け入れた。

勝也にとっては、これが間違いの始まりだった。仕事から帰ると毎日のように紗香の妹が居る。確かに助かる事もあるが、勝也の子供の事をペットのように可愛がっていた。子供の世話や家の手伝いをするというより、遊びに来ているようにしか思えない。仕事でクタクタに疲れて帰っても、妹に気を使う毎日で、自分の家ではなく、まるで紗香の実家に帰ったような気持ちになっていた。

確かに、紗香や妹とは小さい頃からの幼馴染で仲は良かったが、これが生活の一部になると良い日もあれば嫌な日もある。そして子供の世話を独占していたので、勝也は他人のようだった。子供はいつも居る妹達に懐いている。

紗香は喧嘩になると勝也にいつも、子供の面倒をほとんど見ていなかったと言うが、勝也から言わせると子供を取られていたように感じていた。一般的な親なら自分の娘が新婚夫婦の家に入り浸っていたら叱るであろう。この頃から勝也は帰宅すると直ぐに風呂に入り、また直ぐに出かけるようになってしまった。

色の黒いおじさんには3人の息子が居て、仕事では人を雇い独立し、親方をしていた。勝也は、おじさんの現場がない時には息子の現場の応援によく行っており、勝也は息子の所で働いている傍心（ナンバー2）とも仲良くなった。居酒屋やスナックで一緒にお酒を飲むようになり、仲が良くなると仕事の事も何でも教えてくれた。11歳も年上の先輩だったが結婚しておらず、独身だったので毎日のように誘われていた。

勝也が仕事から帰り風呂に入っている間、紗香は風呂の外でガミガミと文句を言い続けていた。それもそのはず、風呂から出ると直ぐに出かけてしまうからだ。入浴時にしか言いたい事が言えなかったのだ。言い訳にしかならないが、妹達が来ていなければ勝也はそれ程出かける事もなかっただろう。もちろん紗香一人では子供の面倒も見きれない、勝也も育児をしていただろう。勝也は昔から子供好きで、無責任な性格ではないからだ。我が子は目の中に入れても痛くないという感情も凄く理解していた。

しかし、家に帰ると当たり前のように妹達が居て、よく泊まったりもしていたので、家に帰りたくない日もあれば、妹達が居るからと甘えて遊びに行く事もあった。

弓子も同じマンションの別階に住んでいたが、勝也の子供とはまったくと言っていい程付き合いはしていなかった。紗香の家族間では弓子の事を、「孫が可愛くないんかな？」と言うような捉え方をしていたようだ。勝也も少し大人になり大体の事は理解できていた。弓子は江美の喫茶店で働かせてもらっていたので、立場的には下だったのだ。

弓子は男っぽく気の強い性格だったが、江美には昔からお世話になっていたので絶対に逆らえなかったようだ。

弓子は常々「お母さんの事はええから、紗香の親を大切にしろ、江美ちゃんには本当に世話になったからな」と言っていた。同時に勝也の目には、江美の事を恐れているようにも見えていた。

弓子と江美

江美がスナックを始めた当時、彼女はスナックなどに行った事がなかったようで、弓子がスナック経営のノウハウを教えたようだ。弓子は16歳の頃から父親の借金の肩代わりにスナックで働いており、その後もお酒が大好きだったのでプライベートでもよくスナックへ飲みに行っていたようだ。江美のスナックは弓子のプロデュースといった感じだろう。そういった事情から、マンションへの引っ越し費用や家賃の補助もしてくれていたようだ。

その後、スナックは順調に流行り、江美は自分の姪っ子を県外から呼び寄せ、同じマンションの部屋を借りて住まわせ、スナックで働かせた。

最初は長女、そして次女、おまけにその友達まで、合計3人の若い女性達を雇っていた。そうなると弓子は必要なくなり辞めさせられた。というより、辞めざるをえない状況に追い込まれたという方が正しい。

その日、いつも通り営業前に店に入ると、姪っ子の居る前で「この店の人は換気扇の掃除もできないのか」と罵られた。換気扇なんか大掃除の時しか掃除していなかったのに、普段の日に言われたのだ。

弓子はそのまま「辞めさせてもらうわ」と店を後にしたそうだ。


その後、弓子が自分の店をオープンする事になると、江美は「ウチの客を取る気か」などと言っていたようだ。江美は姪っ子と一緒に弓子の店に怒鳴り込んできた事もあるそうだ。

この話は弓子の店を手伝いに来ていた勝也の従妹が言っていた。そして、従妹は「あの人、凄い怖い人やな」と言っていた。

今思い返せば、江美はいつもこうやって人を利用して、必要なくなると色んな手段で辞めたくなるように仕向けている。喫茶店の時もそうだった。弓子の他にもう一人おばちゃんが居たが、悪口や陰口を言われて辞めていった。

そして、江美のスナックは、県外から呼び寄せた姪っ子（美人姉妹）と、その友達の3人の若い美人が居るという事から、かなりの人気店になっていた。

最初は姪っ子達をかなり可愛がっていたが、姪っ子達にも自分の客が付き人気が出てくると次第に扱い難くなってきたのだろう。江美は姪っ子達の愚痴をこぼすようになっていた。

その後、次は紗香の友達を店で働かせるようになった。紗香の友達は頻繁に遊びに来ていたので江美とも仲良しだった。江美は仕事に誘うというより、自ら働きたくなるように仕向けていった。「この仕事は華やかで楽しい、稼げる」などと、暗示のようにすり込んでいく。人の心まで操作する能力者のようだった。人を使う事や商売などの才能は尊敬に値する。

結局、姪っ子はお客さんと良い関係になり長女は結婚し、次女と友達も働きにくくなったのか、辞めている。紗香の友達は天性なのか、接客上手で若くて明るい性格だったので、当然人気者になり持てはやされる。しかし、若さゆえに常連客が増え、客と良い仲になると、やはり扱い難くなり居場所をなくされていった。

現在その紗香の友達はスナックの経営者で成功している。数人の女性を雇い、自分の娘にもお店の手伝いをさせ繁盛店になっている。勝也は江美を見ているようだった。

話は戻り、姪っ子の件だが、一人は泥棒扱いをされていた。真実は分からないが、江美の自宅に空巣が入った事があり、その犯人と疑われたのだ。少し前から遠回しに姪っ子の悪口を聞いていたので、勝也も姪っ子を疑ってしまっていたが、今となればそれが江美の手口だったのかと思っている。

弓子は「江美ちゃんには本当に世話になった。ホンマにええ人や」と、いつも言っていたが、最後には「敵に回すと恐ろしい人や」とも言っていた。

勝也達に子供ができ、一緒になる事が決まると、江美は、3姉妹の長女だからと勝也を養子に欲しいと言ってきた事もあったようだ。

勝也は弓子にその話を聞いて、母より強い女性が居る事にびっくりしていた。

紗香の友達が店を辞める前には江美にも良い人ができていた。大きな会社の社長さんだった。この頃から、色の黒いおじさんは来る事がなくなっていた。

独立

色の黒いおじさん（親方）は高齢で仕事も引退すると仄めかしており、勝也はおじさんの息子の現場ばかり応援にいっていた。

勝也もそれなりに仕事を覚え、同級生と一つ年下の後輩を連れて仕事をしていたので、息子からも気に入られていた。勝也は次男に「独立したらええ、仕事はオレが渡すから」と何度も誘われた。

当時、おじさんの3人の息子の内、長男は三男の所で働いており、次男はバリバリ営業して若い従業員4人を連れて仕事をするやり手だった。勝也はおじさんの所の従業員であり、次男、三男の所にはすでに傍心が居たので、どちらにも行けないと思っていた。

そんな時期に声をかけてくれたのが、現在の仕事の恩師だった。

この方も江美のスナックの常連さん。半年以上も前から何度も何度も口説かれていたが勝也は、おじさんを裏切る事になると思い断っていた。

その恩師は発電所や鉄工所などプラント工場での仕事を主にしており、勝也が断り続けると「職人の送迎だけで5千円払うから」など、色々と良い条件を出して誘ってくれていた。

勝也は惹かれつつもひたすら断っていたが、そんな時、恩師に、「日曜日の作業やったらどうや?」と言われ、最終的にはおじさんに承諾を取り、同級生や後輩などを引き連れて、おじさんの仕事が休みの日に行く事になった。

30年以上も前の事だったので消費税などは関係なかったが、一人当たりで2万円の日当を現金で支払ってくれていた。

この頃にはおじさんの仕事はほとんどなく、他の現場の応援ばかりで、勝也も面白くない日々が続いていた。そんな時、勝也はおじさんに辞めて独立したいと話をしに行った。

おじさんは「すまんな。わしも歳やからな、今までこんな事はした事ないけど勝也くんが連れてきた二人の給料も一緒に渡しとくわ」と、３人分の給料を貰って辞める事になった。

気が短くて頑固でドケチな嫌われ者のおじさんだったが、勝也には優しかった。息子達も口を揃えて言っていた。

「何で親父はお前に甘いんや、あの親父がガソリン入れてくれるんか？」

おじさんの従業員も「勝也が来てからは、帰りに焼肉に連れていってくれるし、雨で仕事が中止になると昼飯まで食わせてくれるようになったな」など。

勝也も毎日おじさんに怒鳴られて仕事をしてきたが、悪い人ではない事くらいは分かっていた。仕事が終わった後、おじさんの家に図面の見方を教わりに行ったり、雨の日にはおじさんと喫茶店で何時間も話をした。遅くまで図面を見た後には二人で近所の寿司屋さんに行ったり、時には1万円近くもするマッサージ付きのサウナにも連れていってもらった事もあった。

おじさんは寂しがりの意地っ張りだったのだろう。

勝也は、ボロカスに言われても言い返したり、自分が間違っていたら素直に謝ったり、おじさんには正面からぶつかっていた。勝也はそんなおじさんを本当に尊敬し、大好きだった。


独立すると言っても勝也はまだ19歳の未成年だったので、周りからは認められていなかった。一緒に仕事していた同級生と、一つ下の後輩に独立する事を伝え、「オレに付いてきてくれるか?」と聞いた。同級生は即答でOK、後輩は「少し考えたい」。勝也は無理してまでは来てほしくなかったので返事を待つ事にした。

数日後、現場から帰りの車内で、後輩が勝也さんに付いていくと言ってくれ、勝也は安心と共に心強さを感じた。

そして勝也は江美のスナックのお客さんの所で仕事をさせてもらう事になった。勝也は何が何でも金儲けをして、江美に認めてもらおうと必死で仕事をした。

この頃もまだ、深夜の仕事を終わらせ、次の現場に向かう日々が続いていた。体力的にもかなり大変だったが、20歳過ぎという若さで乗り越えた。

そして勝也は、周りとの付き合いも大切だと考えていたので、人から誘われれば断る事はせず、居酒屋、スナックなどを巡り、時には一睡もしないまま現場に向かう事もあった。

今思い返すと勝也は江美の存在があったからこそ、ここまで頑張れたのだろう。江美に人生を変えてもらったと言っても過言ではない。紗香のおじさんに世話になり、そして江美のスナックのお客さんに仕事を紹介してもらい、現在もその仕事を続けている。

その紹介してもらった恩師は江美に惚れていたようで、スナックへ頻繁に通っていたようだ。凄く優しい方だったが、かなりの女好きのスケベおじさんだった。

恩師は酔っぱらった時にこんな事を言っていた。

「一度だけ江美をものにした」

勝也もこの頃には色んな経験や、人からの話を聞き大人になっていたので、男と女はそんなものだと気にもしなかった。


そんなある日、数ヶ月間、「仕事が切れる」と恩師から連絡があり、勝也は凄く焦った。従業員や家族を守らないといけない。勝也は人一倍責任感が強い方だ。今から30年ほど前、バブル崩壊などかなりの不景気だった時期の事だ。勝也は、あちこちで声をかけ、仕事を探し回った。

時には畑違いの仕事をしたり、紗香のおじさんの三男、正之にお願いしたりと、なりふり構わず必死だった。正之には凄く助けてもらっていた。

その頃正之は大きな現場で、ゴルフ場のクラブハウスの新築工事を請け負っていたので、しばらくはお世話になっていた。おじさんの奥さんも現場に手伝いに来ていた。結構な歳だったが暑い日も寒い日も一緒に働き、お昼ご飯を作ってくれる優しいおばさん。紗香の事や紗香の妹達の事も気にかけてくれていた。勝也は周囲の人達に感謝しかなかった。

この現場も終わり、恩師の所に戻ったり、また正之の所に行ったりしていた。時には、おじさんが手伝いに来ていた事もあり、おじさんの叱咤激励を懐かしく思う事もあった。しかし、勝也は下請けであり、仕事がない時は呼んでもらえない。そんな事から、勝也は二人の従業員に「色んな仕事をするけど頑張って付いてきてくれな」と言っていた。

どんな業種でも通用するように屋号は「〇〇工業」としていた。時には鳶職、時には鍛冶屋、何もない時には掃除や雑用など、何でもしてきた。そのうち人も増やして大儲けする事を夢見て頑張っていた。

そうこうしているうちに、恩師の息子が声をかけてくれた。息子は恩師と業種は同じだが、プラント工場ではなく、建設現場の仕事をしていたので、本格的に息子に付いて仕事を覚える事になった。

勝也はこの仕事でやっていくと決め、必死で覚えた。休憩の時、昼ご飯の時、いつも息子と仕事の話ばかりして頭に叩き込んでいった。熱意が伝わったのか、認められたのか、いつの間にか現場を任されるようになっていた。

いつものように同級生の従業員の家に迎えに行くと、従業員が家に居なかった。それから一切連絡がつかなくなってしまった。数日後、やっと連絡がつくと、従業員は、辞めたいと言う。勝也は嫌々働いてもらっても良くないと思っていたので、引き留める事はしなかった。

きちんと働いた分の給料を渡し、直ぐにでも次の仕事を見つけるように言った。後に知人から話を聞いたのだが、反社会的な方面の人と付き合っていたようだ。勝也は後輩と二人になり寂しくなったが、こんなところで悩んでいる場合じゃないと思い、とにかく仕事に集中した。

ある日、中学の同級生であり、親友とも言える友達から連絡があり「オレの嫁の親戚の子を雇ってあげてほしい」と言う。勝也はとにかく一度会わせてくれと言い、喫茶店で顔合わせをした。少し軽い感じの若者だったが、真面目さが伝わったので直ぐに雇う事にした。勝也より3歳下の子で当時17歳。

この頃には次から次と現場を任されるようになっていたので、仕事も安定していた。大きなスーパーの新築現場を任されていて、人手が足りなかった時には、若い子を見つけると仕事に来ないかと誘っていた。健康ランドの大浴場で大学生の男の子と出会い、夏休み中だけでも良いからと無理を言い、バイトに来てもらったりもしていた。

忙しく人手が足りないので、中学校を卒業したばかりのヤンチャな15歳の子を雇った事もあったが、まだ遊びが勝っており、直ぐに仕事に来なくなる。

仕事が安定すると、人手が足りない。本当に上手く行かない。勝也は人を雇う大変さ、仕事を確保する大変さを痛感した。安易に独立すると言った事をバカだったと後悔する事もあった。

勝也は同年代の中ではかなりの不良で有名だったので、中には自分を慕ってくれる人もいて、従業員を紹介してもらう事もあった。徐々に人も仕事も増えていき、多い時には10人以上も雇っていた事もあり、収入も順調に増えていった。

独立して2年ほど経った頃、掛け持ちの深夜の仕事を親友にお願いし、後を継いでもらい、より一層仕事に集中する事ができた。

この頃には、周りからも認められ始め、勝也の母の店のお客さんからも仕事を紹介してもらえるようになった。そうなると、材料を保管する場所も必要になり、倉庫を借りて材料を加工する高額な機械なども揃え、加工場を作った。

金銭的にも余裕ができ、紗香に対して仕事の付き合いだと言い訳をしながら飲みに行くようにもなっていた。そうなると、紗香とは喧嘩ばかりになった。従業員を連れて食事やスナックなども行っていたので、収入は全て勝也が管理し、生活費として紗香に毎月30万~35万円を渡していた。紗香は「全然足りない」と、いつも文句ばかり言っていた。当時、マンションの家賃は５５、０００円ほど。光熱費も大した事はない。子供は保育園に入る前だったので、保育料もかからない。その上、外食や車の維持費ガソリン代、その他の経費などは全て勝也の財布から払っていた。

紗香は節約家で、江美の影響もあり、貯金や生命保険を沢山かけていたようだ。

江美は以前、保険の仕事をしていたようで、それなりの知識があり若くして夫を亡くした事もあって、誰よりもお金に執着があったのだろう。勝也はどう考えても十分生活はできるだけの生活費は渡していると思っていた。

それなのに、あまりにも紗香がしつこく文句を言うので、勝也は帳面を持って江美に相談に行き、入金と出金の説明をした。もちろん仕事がどうなるか不安なので貯えも必要だとも伝えた。勝也は江美が紗香に注意してくれると思っていたが、江美は逆に怖い顔で「それにしても、もう少し入れてあげたらどう？」と言い放った。勝也は黙って帳面を畳んだ。帰りながら、何もかも全てが終わったと思った。

江美の引っ越し

江美に良い人ができ、その人に勝也達家族も旅行や外食によく連れていってもらうようになっていた。物静かで優しそうな人だったが、大きな会社の社長で身体も大きく貫禄のある人だった。勝也はあまり親しくはできていなかった。

この頃、江美のスナックには働く女の子も居なくなり、紗香の妹（次女）が店を手伝っていたが、接客が苦手なようで、泣いて帰ってくる事もあった。

しばらくして、江美のスナックは閉店する事になった。実際の内情は分からないが、江美にも彼氏ができ、お店にも女の子が居なくなったので次第にお店は暇になっていったのだと思う。

その後、勝也の子供達が保育園に入る頃、江美は彼氏と娘達と一緒に住む為にマンションを購入した。その彼氏には妻子も居り不倫関係だったが、奥さんも承諾していたようだ。

貯金もかなり持っていただろうし、彼氏も社長なので働かなくてもゆとりある生活はできていたと思うが、江美はスーパーで働いたり、保険の仕事をしたりと、よく働いていた。

マンションを購入してしばらく経った頃、その彼氏が社長を辞める事になった。自分で設立した会社ではなく、出世して社長に就任したが、リストラにあったようだ。しばらくは会社で簡単な仕事や引継ぎなどをしていたが最終的に辞めている。

その頃、江美は保険屋さんで働いていたが今後の生活の不安からか、カラオケ喫茶を始める事になった。基本的には人を雇い、カラオケ喫茶はその人に任せ、江美は時間がある時にだけ手伝うという経営だった。

江美は、商売に関してはずば抜けて才能がありピカイチだったので、カラオケ喫茶はどんどん客も増え、人気店になっていった。こうなると江美はカラオケ喫茶に力を入れるようになる。そして、徐々にお店を任せていた人の悪口が始まった。

勝也は最初の喫茶店からスナックの事まで全てを目の当たりにしていたので、また始まったと思った。江美は「売り上げが合わない・お金が足りない」など、まるでその人がお金を盗み、泥棒のように言っていた。

やはり、今までのようにその人は辞めていき、江美は保険屋さんを退職し、カラオケ喫茶の経営全てをするようになる。色々と内容を変え、昼はカラオケ喫茶で、夜はスナックという店にしていった。

江美は年齢以上に若く見え、美人で完璧な接客なので、お店は大繁盛店になっていった。リストラされた彼氏は買い物や雑用を手伝っており、次女と三女も家事などの手伝いをしていた。江美は、まさに一家の大黒柱といった感じだった。

勝也は江美の事を嫌っていたが、商売や仕事に対しての姿勢は尊敬していた。

しかし、この家庭には違和感しか感じていなかった。次女、三女はきちんとした仕事にも就かず、30歳半ばを過ぎても1日に数時間、週に3日から4日勤務のパートだけで、買い物などは母親の財布を持っていき買い物をする。結婚どころか彼氏も居ない、家族の中だけで全ての生活を完結している。パート以外の時間は、ほとんど勝也の家に入り浸り、自宅には寝に帰るといった感じだった。

この頃には勝也もかなり稼ぐようになっていたので、家族でよく外食をしていた。毎週日曜日には子供達を連れて遊園地や動物園、天気の悪い日には水族館に行くなど家族サービスもしていた。

勿論、妹達も一緒に連れていっていたが、全て勝也の財布からの支払いだった。それなりに家族サービスをしていたが、紗香と喧嘩をするといつも紗香は「子供の面倒を見なかった」「家に居なかった」などと言っていた。

自殺・不渡手形・倒産

中学校の後輩で、独立前から一緒に働いていた従業員が自殺した。

自殺した後輩従業員はヒロといい、一度結婚し、子供も産まれたが、直ぐに離婚という経歴を持っている。勝也の大反対を押し切っての結婚だった。ヒロは離婚の寂しさからか、よく飲みに行ったりバイクや車などと、とにかく趣味が多かった。彼は20代半ばで毎月40万~50万円ほどの給料を持って帰っていたが、ローンの支払いや健康保険の滞納など借金がかなり増えていた。

そのヒロに離婚後にできた彼女は看護婦さんで、真面目なタイプ。勝也も彼女なら良いと思っていたが、かなりの借金があった為、結婚は難しいと思っていた。それなのに、彼女の妊娠が発覚。勝也の言う事など聞かないヒロはバイクに車、売れる物は全て売り払い、結婚する準備をしていた。

妊娠6ヶ月を迎える頃、彼女の親や兄妹に大反対され、結局子供も諦め別れる事になった。ヒロはこの頃から鬱を発症していたのだろうと思う。次第に仕事も疎かになり、遅刻や無断欠勤をするようになった。まだ若かった勝也は鬱に対して理解がなく、そんなヒロを「甘えるな」と叱っていた。あまりにもミスが多かったので、仕事を辞めて他所に行くように彼を突き放していた時期もあったが、ヒロは辞める事なく何とか頑張って徐々に元気になっていき、勝也もヒロと話をするようになっていった。

その後また新しく彼女ができたが、ヒロは物を売ったお金もすでに使い切っており、勝也に借金の相談をしてきた。今までにも何度か借金を立て替えていたので、「これを最後にするように」と厳しく言い、１００万円程のローンや支払いを立て替え、月々の支払いを減らせるようにした。

そして、久しぶりにヒロと居酒屋とスナックに行き、これから頑張っていこうと話し合い、ヒロも意気込んでいた。そんな時の自殺だった。

少し前からヒロは、彼女の家に夕食を食べに行くなど、彼女の両親とも仲良く付き合いをしていたのだが、彼女の父親が仕事中の交通事故で突然亡くなってしまった。

ヒロは普段からオシャレ好きで、髪を伸ばし、茶髪に毛染めもしていたが、彼女の父親のお通夜・お葬式には失礼だと、いきなり頭を丸めた。

オシャレなヒロは鏡を見る度にそんな自分の姿が嫌になり、勝也が食事に誘っても断るほどだった。また鬱が発症したのではないかと思う。仕事でのミスも多くなり、こちらが話をしても上の空、そんな日が続いていた。


あの日は海の日の祝日。

勝也は前日に先輩に誘われ、飲みに行く予定だったので、その日は休みを取っていた。ヒロとの最後の連絡は前日の夕方5時半頃だった。祝日工事が入っていたのに、ヒロは材料の手配もしておらず、段取りもできていない。その事で勝也が電話でかなり叱ったのが最後だった。

翌朝、出勤した従業員から「ヒロさんが首を吊っている」と電話が入る。その従業員に生きているかどうか聞くが、分からないと言う。勝也は直ぐに工場へ向かった。

頭の中が真っ白で、途中の信号では、青信号なのに止まっていたり、赤信号なのに行ってしまったりと何が何だか分からない状態だった。

工場に着くと、そこにはビールの空き缶とタバコの空箱が残されていた。1・2mの脚立を立て、上からビニールのトラロープで首を吊ったようだった。勝也が着いた時にはヒロはその場に横たわっていた。

第一発見者の従業員から状況を聞くと、脚立は立ったままで、足は地面から30センチほど浮いた状態、脚立の天場辺りにはお尻がかかっていたという。本当に死ぬ気はなかったのだろう。ビニール製のロープで、小さな輪にロープを通し、引っ張ればグイグイと締め付けられる作りになっていた。勝也は最後の電話の際にかなり叱ったので、何とも言えない複雑な心境だった。

その後、ヒロの彼女も駆けつけ、色々と話をした。彼女の父が亡くなってから死が身近に感じたのか、鬱のせいなのか、生きていても何も楽しい事がないなどと、自殺を仄めかすような事も言っていたそうだ。彼の父親は小さい頃に家を出ていったと聞いている。彼の母親も健康保険の支払いのお金を渡しても支払いをせずに使い込んでしまうような母親だった。勝也はそんな事がある度にお金を貸していた。

彼には実の兄貴も居たが、頼れるような兄ではなかった。彼の兄貴も勝也の下で働いていていて勝也もよく知っているが、その兄は何の連絡もなく突然仕事も辞めてしまい、家も出て居なくなるような兄だった。その後、給料だけは取りに来たが、どこで生活しているか分からない状態だった。何とか兄貴と連絡を取り、葬式には来たが、まるで他人事のようだった。

葬式の準備からお坊さんの手配まで、全て勝也が行い、お金も全て勝也が支払った。火葬後の骨上げの時にも、彼の母親はお金の事ばかり言っていた。勝也は彼が亡くなるまで働いた分の給料を兄貴に渡し、彼の持っていた高級時計も形見だからと兄貴に渡した。この時計も勝也が最後に借金をまとめた後、ローンで買ったものだ。本人が亡くなっているので残りのローンは払わなくて良かった。

葬儀など全てが終わった翌日、ヒロの母親が勝也の家にお金を借りに来た。紗香は断る事ができず、1万円を渡した。彼は家庭にも恵まれず、結婚も失敗し、彼女にも振られ、新しくできた彼女の父親が亡くなり、何もかもが上手く行かない。

この数年間、ボロボロの状態だったのだろう。彼が亡くなり20年以上になるが、勝也や彼の友達、その時に居た従業員も毎年命日にはお参りに行っているが、彼の兄貴も母親も一度もお参りには来ていない。


勝也が中学を卒業した頃に母親から聞かされた話だが、勝也の実の父も自殺で亡くなっている。かなりの借金があったらしく、保険金で借金を払うようにと遺書を残し、自殺したそうだ。聞こえは良いようだが、勝也は無責任にしか思えなかった。勝也の実の父親も自殺、本当の弟のように可愛がっていた従業員も自殺。色んな想いや悩みがあるだろうが、やはり自殺は無責任過ぎる。

勝也は食事も喉を通らない、人とも会いたくない日が続き、1週間程、家から出られなかったが、残っている従業員達が勝也を支えてくれた。いつまでも考えていられない。勝也にも家族があり、そして従業員達も頑張ってくれ、またその従業員にも家族がある。こんなところで止まっていられない。

右腕だった彼が自殺したが、それまで頼りなく思えていた従業員がどんどん逞しくなり、勝也を励ますかのように頑張ってくれた。仕事も時間も待ってくれない。頑張るしかない。勝也はがむしゃらに仕事をした。しかし、この頃から恩師の息子の会社が暇になってきていた。

仕方なく同業者の下請けなどで食い繋いでいた矢先、勝也が工場を借りていた客先の会社が倒産した。

勝也は小切手に手形、そして売掛金と全てを失った。小切手と不渡手形だけで830万円。売掛金を入れると1000万円を軽く超えていた。

当時27歳と若かった勝也は、精神的にかなりのダメージを受けていた。右腕だった従業員を亡くし、お金までなくなり、生きている心地がしなかった。

ここで支えてくれたのが紗香だった。「女は強し」と言うが、その時は本当に強いと思えた。江美も「お金なんかどうにでもなる」と言っていた。勝也を励ますつもりで言ったのだろう。しかし勝也にはそうは思えなかった。江美には大した金額ではないだろう。しかし、27歳という若い勝也にとって、１０００万円という金額はあまりに大き過ぎた。

勝也はこの会社が手形を出すようになってから不安しかなかった。その内、他社の手形まで出すようになったので、危機感は感じていた。不安だった事もあり、勝也はその手形を他所に回す事も割る事もせず持っていたので、この危機を何とか乗り切る事ができた。責任感の強い勝也は従業員にも下請けの業者にも全て支払いをし、乗り切った。

その客先の倒産から1年も経たない頃だ。恩師の息子から話があり、会社を辞めると聞かされた。ほとんどの仕事がこの会社からのものだったので勝也には衝撃だった。この息子の会社は倒産ではなく、綺麗に会社を畳む事になったという。

勝也はこの2年程の間に従業員の自殺、不渡手形、そして元請け会社をなくす事になった。また振り出しに戻ったのだ。

ついこの間まで人の上に立って仕事をしていた勝也だったが、どんな仕事でもするからと仕事を探し回り、時には自分より若い人に偉そうに言われたり、上から火の粉が落ちてくる場所で真っ黒になりながら1日中掃除をしたりと、なりふり構わず頑張った。

勝也は何となく、自殺を考える人の気持ちが分かるような気がした。車で信号待ちをしている時、隣の車の人が笑いながら電話をしているのを見て羨ましく思う事もあった。

でも、子供はまだ小学生。勝也が自殺なんかしたら家族はどうなるのか？　これが無責任だ。自分がしんどいから、辛いからと逃げる行為はだめだ。とにかく子供が成人するまでは頑張る。

感謝・再スタート・自分の城

約1、2年ほどは汚くて雑用のような仕事ばかりしていた。勝也は若い頃にもっともっと大変な仕事をしていたので、汚くても重労働でも頑張れた。

弓子のお店のお客さんから月に1、2件ほどの小工事の仕事を貰っていたのだが、その社長さんが心配して、新しく客先を紹介してくれた。勝也はそれを無駄にしないよう、完璧な仕事を目指し、頑張っていた。すると、その社長さんは勝也の評判を聞き、次から次へと客先を紹介してくれるようになり、少しずつ仕事が増えていった。

こうして仕事ができるのも、恩師の息子が会社を辞める時に仕入先や取引先に連絡を入れ、勝也の取次の話をしてくれていたからだ。

ある日、知らない人から勝也に電話が入る。「○○さんの紹介で電話させて頂いた」と、恩師の息子の紹介だった。辞める時に勝也の電話番号を伝えて、後の仕事は勝也へと勧めてくれていたのだ。この知らない人は大きな会社の営業マンで、どんどん仕事を持ってきてくれるようになった。次第に仲良くなり、居酒屋で一緒にお酒を飲んだり、スナックに行くようになると、この会社の仕事のほとんどを勝也に持ってきてくれるようになった。この頃から材料持ちの請負仕事が少しずつ増えていった。

勝也の仕事は特殊な職種で職人や業者も少なく、噂を聞いた会社から次々と仕事を貰うようになっていった。勝也は本当に周りの人に恵まれていると感謝していた。

工場を借りていた会社が倒産し、一時は加工場も資材置き場もなくなっていたが、この頃にはシャッター付きの車庫を3台分借りていても、それでも間に合わないくらい忙しくなっていた。

この頃には勝也の子供も小学校中学年、家を建てるつもりだった矢先での不渡りに元請会社の倒産。勝也は新築の家は諦め、中古の一軒家を購入する事になった。

紗香が広告やチラシなどで探した家で、内覧に行くと築3年近く経っていたにも関わらず、新築のように綺麗な家だったので即決で購入した。中古物件になってしまい、紗香には申し訳ない気持ちがあったが、紗香は凄く喜んでくれていた。勝也も自分の城、やっと自分の居場所ができると思い、凄く嬉しかった。

しかし、現実は変わらなかった。紗香の実家からは少し離れていたが、妹達の職場からは近かったので、いつも妹達が居る。細かい事だが、購入後、一番最初にお風呂に入ったのも紗香の妹（三女）だった。お風呂場で子供と三女がはしゃいでいたので、勝也がつい「入ってきたら」と言ってしまったから仕方がない。勝也は何となく一番風呂が大切だという古い考えを持っていた。新居の一番風呂という事で、ショックを受けていた。しかし、自業自得だ。

その後、自分の城を持った事からか気持ちが大きくなったのか紗香にも偉そうになってしまい、勝也は妹達が来る事に文句を言うようになってしまった。そして、しばらくは妹達が遠のいた時期もあったのだが、それと同時に紗香の機嫌が悪い日が多くなっていった。既に手遅れだったのだろう。

家を買ったから偉そうにしていると思われていたのだろう。仕方なく、勝也は妹達が来る事に文句を言うのを辞め、「外食に誘ったり、家に呼んであげたら良い」と紗香に言った。

最初は妹達も気を使っていたが、直ぐに家に入り浸る生活が復活した。子供達も紗香の妹達とは仲が良かったのでとても喜んでいたが、勝也の肩身は狭くなる一方だった。

この頃には、仕事も順調で収入もかなり増えて安定していたので、車を買う事になり、紗香と話し合いをしていた時、紗香がこんな事を言った。

「家も中古やのに車くらい新車に乗りたい」

勝也は貧乏育ちの貧乏性だったので中古車しか買った事がなかった。今までも中古車しか買った事がなかったが、紗香は一度も文句を言った事もなく、紗香は「新車は高いから勿体ないやん、中古車のが得や」と、前にこんな会話もした事があったので、勝也は凄く驚いたが、直ぐに江美が吹き込んだのではないかと思った。家を買ったから偉そうになっていた自分が恥ずかしく思えた。

色んな車屋さんを回り、最終的に紗香は外車を気に入り、新車を注文した。軽く500万円は超えていた。

この頃は夫婦関係も一番良かったと思う。狭い賃貸マンションから庭付きの一軒家に変わり、家族でバーベキューや炭火焼き鳥を楽しんだりしていた。勝也はスポーツクラブに通っていたのも辞め、自宅に小屋を建て、トレーニングも自宅でするようになっていた。

引っ越しから日が経ち、子供達も近所に友達が増え、よく友達の家に遊びに行くようになった。こうなると家には紗香と妹達、次第にこんな日が増え、勝也の居場所はどんどん狭くなっていった。

当時、車庫3台分で、資材置き場と小さな加工場があったが事務所はなく、自宅で事務仕事や見積りなどをしていたので、勝也の方が妹達に気を使う毎日だった。仕事も忙しくなり、業績も右肩上がりになっていたので、勝也は思い切って賃貸の事務所付き倉庫を借りる事にした。建物は45坪程で、駐車場は7、8台は置ける広い倉庫だったので、よく使う材料などは在庫として保管できるようになった。こうなると急な仕事にも対応でき、更に仕事も増えていった。勝也も事務所で仕事ができるようになった事もあり、何もかも順調で、かなりストレスが軽減されていった。

更に忙しくなり、深夜3時から図面を拾い出し見積り、そして朝6時半には事務所を出て現場で作業、暗くなり手元が見えなくなるまで働く事も多々あった。

今から20年程前で、建設現場の規則も緩かったので、朝は現場の朝礼前に現場に忍び込んで、夕方は他社が帰ってからの作業とやりたい放題していた。勝也は若い頃から朝の早い仕事をしていたので苦にはならなかった。

家に帰ると風呂に入り、直ぐにお客さんと居酒屋やスナック、できる限りの付き合いもかかさない。現在では少なくなったと思うが、この頃はこんな付き合いをしていたからこそ、仕事が増えていったのだと思う。営業マンの方もお酒好きで、勝也と歳の近いお客さんも多く、毎日のように夜の街へ出かけていっていた。この頃には子供達も中学生、部活や友達関係で忙しく、勝也も仕事に集中する事ができた。

仕事関係者との付き合いが増え、特に営業の方と飲むのは17時過ぎからと早い時間なので、自宅に帰って風呂に入るとお客さんを待たせてしまう事になる。そこで、会社の隅にユニットシャワーを設置し、着替えを持っていき、会社から直接居酒屋へ出かけるようになった。

ただ、子供達との時間もできるだけ作るようにしていた。込み入った会話はあまりしなかったものの、週に数回の外食は欠かさず、また日曜日にはできるだけ家族との時間を取るようにもしていた。また、自宅には常に妹達が居るので、紗香も寂しがる事はなく、特に気にする事はなかった。

夜の街・不倫

毎日、毎日、夜の街で飲んでいると若い女性や綺麗な女性に目が行ってしまう。ある程度のお小遣いもあり、仕事の都合で自由な時間も自分で作れるようになると、悪い事しか考えない。男って本当にバカな動物だ。

勝也は元々、身長が低く体重は90キロ以上とチビでデブだったのだが、24歳の頃にサマースポーツに誘われ、遊びに行った時に出会った後輩のカッコイイ姿を見てダイエットを始めていた。この頃には標準体型になっていた。背は低かったが、よく男前だと言われる事もあり、それなりに女性にモテたので、ついつい遊んでしまっていた。太っていた時は無駄にお金を使ってもまったく相手にされなかったが、この頃には次々と女性と遊ぶようになっていた。サマースポーツにウインタースポーツと男女数名で遊ぶようになり、帰りには居酒屋で飲む。今では考えられないが、この頃は飲酒運転の認識が甘く、平気で運転して帰っていた。

女性を送って帰る事もあり、お酒の勢いもあって二人きりになると、ホテルに誘う事もしばしばだった。女性には嘘をつく事なく既婚者だと言っていたが、ホテルに誘うと直ぐにOKしてくれる女性も沢山居た。ちょうどトイレに行きたかったからと遠回しにOKしてくる事もあった。しかし、ホテルに入ると勿論、男女の関係になる。女性も男同様、エッチな人が居るのだと思った。

自宅にはいつも妹達がいて、紗香は寂しがる事もなく妹達と買い物や外食などを楽しんでいたので、勝也は罪悪感もなく遊び回っていた。今ではこんな事は言えないが、当時の勝也は「男の浮気は甲斐性や」と思い、次から次へと女遊びを繰り返していた。

類は友を呼ぶと言うが、これは本当にそうだと思う。徐々に勝也と同じような考えを持つ友達や仕事のお客さんが増え、飲むわ遊ぶわ、やりたい放題。会社にも自分専用の部屋があり、シャワーも設置した事により、自宅に帰る事が減って会社で寝泊まりする事が増えていった。朝や、昼間の空いた時間に家へ着替えを取りに帰り、仕事が終わるとそのまま会社でシャワーを浴びて夜の街へ。

毎日飲み屋に通っているとお気に入りの女性もできる。そして、毎日お店に通って顔を合わせていると、次第に恋愛感情も湧いてくる。それまでの勝也は特定の女性は作らず数回程度会うくらいの遊びだったが、その時の勝也は少し熱くなってしまい、特定の女性と長期に渡り付き合う事になってしまった。それまでは何人かの女性と数回会う程度の遊びだったのだが、その女性とは意気投合してしまい、毎日会うようになった。

この女性は、昼間は保険の営業をして、夜はスナックでバイトをしていた。保険の営業はある程度時間に自由があったので、昼間によくデートをするようになっていた。

彼女がスナックのバイトに入るのは週に数回だったが、勝也は毎日夜の街へ出ていた。こうなると彼女が嫉妬するようになる。彼女がバイトの日には、その店に行かないと怒るようになり、彼女より先に家に帰ると嫁の紗香に嫉妬するようになっていった。

不思議なもので、嫉妬されると勝也も嫉妬してしまうようになり、お互いを束縛するようになった。付き合い始めの頃は、日曜日の家族サービスの外食には何も言わなかったが、時が経つにつれ、それさえも嫉妬するようになっていった。彼女にも旦那さんが居たのだが、「家庭内離婚・家庭内別居や」と言っていた。バカげた話だ。紗香も一切文句を言わないし、十分な生活費は入れていたので何の罪悪感もなく、こんな生活を2年ほど続けてしまっていた。

周りにも勝也と同じような男性が居たので気にもならなかった。最低な男だ。

ある日、勝也が泥酔して帰宅した時、紗香が勝也の携帯を勝手に見て「○○って誰？」と言った。勝也は泥酔していたが、ハッと目が覚めた。とっさに「あ〜、飲み屋の女の子や」と答えたが、メールの内容を読んだ紗香はしつこく問い詰めてきた。

酔っ払っていた勝也は何を思ったのか「オレの女や」と言ってしまったのだ。おまけに勝也は「女の一人や二人おるからってなんや」とも言い放った。

翌日から地獄の取り調べが始まった。皿を割ったり、包丁を振り回したりと大変な毎日が続いた。包丁が勝也の手に当たり、深く切った事もあった。勝也の言い訳とすれば、週に数回しか帰らないのだから、他所に女が居ると分かっていたと思う。勝也にすれば、生活費を入れているから、自由に遊ばせてもらっている。暗黙の了解とし、分かっていて目をつぶってくれていたと思っていた。

何度も何度も話し合い、勝也は何度も「離婚しよう」と言ったが、紗香は「何があっても別れたくない」と言う。そもそも勝也は親の件や妹の件で本当に離婚を考えた事もあり、子供が自立し出ていった際には絶対に離婚すると思っていたからだ。しかし、紗香は「絶対に離婚しない」と言う。そうなると、今までのように遊ぶ事もできない。勝也は腹を括り、全てを整理する事にした。

彼女とは毎日会っていたのでホテル通いは面倒だからとワンルームのハイツを借りていたのだが、それも時間を盗みながら片付けた。

すると今度は紗香による恐ろしいほどの束縛が始まった。勿論、お金の面も全て紗香が管理するようになり、自由な時間もまったくなくなっていった。

紗香との再スタート

紗香は勝也の浮気の事で躁うつ病になり、病院に通っていた。色んな薬も飲んでいたようだ。さすがに勝也は猛省し、これだけ自分を想ってくれている紗香を大切にしようと思った。

こんなに勝也の事を愛し、信用してくれていたのだと実感した。そんな時でも勝也は、遊びたい気持ちがある。しかし、固く決意して頑張る事にした。

この頃には仕事も安定しており、従業員にも仕事を任せられるようになっていたので、全ての時間を紗香に注いだ。紗香は「1分1秒たりとも離れたくない」と言うので、一緒にスポーツクラブに通ったり、事務所で仕事をする時も一緒に付いてきた。紗香はほとんど妹達とも会わなくなり、常に勝也と一緒に過ごしていた。

大恋愛で結婚し、互いに気も合う。最初からこうやって一緒に居れば、勝也に特定の彼女ができる事もなかっただろう。特定の彼女を作らず数人の女性と、たまに会って遊ぶくらいなら紗香にバレる事もなかっただろう。勝也は、やはり妹や江美が原因だと思ってしまう。

しかし、さすがに勝也はストレスを感じ始めた。このままでは頭がおかしくなってしまうと思い、二人で楽しめるスポーツ、ストレス発散の為、ゴルフを始める事にした。

紗香は昔から日焼けが嫌で、アウトドアなど嫌いだったが、この時は違って嫌がる事なく一緒に始めた。逆に紗香の方がどんどんとゴルフにハマっていき、毎日二人で練習し、ゴルフ場にも毎日のように行っていた。

紗香は少しずつ元気を取り戻した。ゴルフや温泉、そして旅行。紗香は「一生一緒に居よう」と毎日のように言っていた。そして、いつも二人の老後の話もしていた。

勝也は紗香の事が嫌いではなかったので、離婚しないなら前向きに生きていこうと決意した。

しかしこうなると、お互いの両親の問題が出てくる。江美は相当な蓄えもあるし、商売上手で現役で仕事をしている。それに比べ、弓子は不器用でお金も持っていない。ゆくゆくは長男の勝也が弓子の面倒を見ないといけない。勝也の姉の家庭は子供が３人いて、旦那さんの収入も少なく、決して余裕のある生活とは言えない。

江美と弓子、格差がありすぎる。仲も悪く話もしないし、紗香も弓子とは距離を取っている。

勝也は、自分の母親も大切に思ってほしかったので、勝也自身もできるだけ江美や妹達を大切にしようと頑張っていた。江美と同居している彼氏も月に一度は一緒にゴルフに誘うようにした。勿論、ゴルフの費用も食事代も勝也の支払い。そして、夕食は妹達も一緒に連れて外食、全ての支払いは勝也がしていた。

妹達も温泉や旅行、沖縄・九州など色んな所に連れていった。江美と彼氏も九州の有名なゴルフ場、2日間の旅行にも招待した。この時もすべて勝也の支払いだ。江美のカラオケ喫茶の休みの日にはかならず夕食は誘うようにもした。

それでも、弓子を誘う事はなかった。勝也も言い出しにくく、弓子も「自分が元気な間はほっといてくれたらいい」と言ってくれていたからだ。しかし、弓子に何かあった時は気持ち良く受け入れてもらいたい、ただただその一心で紗香の家族を大切にした。

飲食店オープン

不倫がバレてからは、一切お金の自由もなく、お客さんの接待や付き合いもまったくできなくなっていた。少しでも離れている時間があると、紗香はまた躁うつ病を発症してしまうので、24時間一緒に過ごした。

勝也は弓子の老後の事もあるし、江美や紗香の妹達の事もあるので、仕事を疎かにできない。このまま接待や付き合いができなくなると仕事も減るかもしれない。このままだと世間から取り残されていくような、そんな気がしていた。

ある日、ゴルフからの帰りに自宅の近所を通った際、貸店舗の看板が目に入った。勝也は子供の頃から食べる事も料理をする事も大好きだった。テレビでも『キユーピー3分クッキング』や『料理の鉄人』など料理番組が大好きでよく見ていた。この頃、勝也の娘が高校を卒業し社会人になっていたが仕事が続かず無職だったので、ふとひらめいた。

「飲食店をやろう」

勝也の仕事は建設業の設備工事だったので、仕事関係で仲のいい業者があったし、中学の時に可愛がってくれていた先輩は大工だ。そして、ガキの頃から可愛がってくれていた兄貴が以前居酒屋を経営しており「厨房機器、使うなら持って帰れ」と言ってくれた。これはやるしかない。娘も勝也と同じで料理好き、愛想も良くみんなから可愛がられる性格だったので絶対に成功すると思った。しかし、紗香は乗り気ではない。飲食店を始めると忙しくなり、今までのように旅行やゴルフなどが行けなくなると思ったのだろう。勝也は自分の考えを伝えた。昼間だけのランチ営業をして、夜は勝也の本職のお客さんの接待や従業員の福利厚生で使う為家賃や光熱費は勝也持ち、娘は仕入だけで自分の給料を確保するように頑張らせようと。

娘にも相談すると、ノリノリで「頑張るわ」と意気込んでいた。これで勝也も接待ができ、仕事も確保できると思った。

紗香は昔からうどん好きで、よく四国にうどんを食べに行ったりしていたので、うどん屋にしようと決めた。勝也がうどんを打ち、出汁を取る。うどん以外の料理は娘にさせよう。さっそく独学でうどんの勉強をする。近所にある美味しいうどん屋さんに通い、大将に色々相談をした。この店の大将が凄く良い人で何でも教えてくれた。

準備は整った。最初は大変だろうから慣れるまでは勝也と紗香と娘の3人で、慣れたら娘に任せよう。

しかし、オープンが決まっても娘は何もしようとしない。朝、9時から入って準備しろと言っても時間通りに来ない。9時過ぎに来たと思うと、そこから1時間近く化粧をしたり、ダラダラしているだけ。結局、勝也がほとんどの仕事をする。紗香は手伝ってくれるが娘を叱ろうともしない。勝也が娘にきつく叱ると、逆に紗香が文句を言ってくる。紗香は娘の事を「まだ若いのに、好きでやってるんじゃないのに」などと言ってくるが、娘も頑張ると言ったから行動に移したのに。

毎日、紗香と喧嘩ばかりしていた。勝也はここで子育ての価値観の違いに気づく。就職しても文句ばかり言って直ぐに仕事を辞めてくる娘。どこに行っても続かない。こういう事だったのかと。その後、娘は直ぐに辞めて居なくなった。結局、勝也と紗香で頑張る事になった。お店は流行り、美味しいと常連さんもよく来てくれていた。

しかし、数年前からかなり安くて美味しいうどん屋のチェーン店などがあった為、勝也の店も値段を合わせていた。その為、お客さんが入っても利益など出ない。

勝也も本職の仕事があり、朝早くから会社で仕事をして店の準備、そして麺や出汁の仕込み。毎日、毎日、クタクタになる。利益が出ないなら営業していても意味がないので閉める事にした。

その後、閉めたままだと無駄になるので、人を募集して夜の居酒屋もやってみたが上手く行かなかった。せっかく作ったお店で設備も整っていたので、本職のお客さんの接待や従業員の食事会、そして紗香の妹の食事や子供達の食事などに使う事にした。

料理は全て勝也がしていたので紗香も喜んでくれていた。

結果、飲食店としての経営は成功しなかったが、接待など勝也にとっての目的は果たせていたので良しとした。

子育て

勝也は子育ての価値観の違いでよく紗香と喧嘩をしていたが、喧嘩になるといつも紗香は「仕事と遊びで子育てをしていないからや」と勝也に言っていた。

勝也としては、子供達が大人になった時に自立できる子育てをするのが正解だと思っている。時には厳しさも必要だ。勿論、子供達の意見も聞かないといけないが、我慢や辛抱ができる人間になってもらいたい。古風な考え方だが、父親は仕事でいないのが当たり前、肝心な時に話をするのが父親だと思っていた。

勝也は紗香に自分の考えが伝わっていると思っていたが、結局、娘も息子も甘やかされて育ってしまった。勝也は紗香が母親の子育てをそのまま受け継いでしまったのだと思っていた。

江美は昔から家庭内で色々と苦労をしていたからか凄く子供達に執着している。外の世界は危ないと言わんばかりに家庭内に子供達を抱え込んでいるように見えていた。私の言う事が全て正しい、私に付いてきていれば幸せになれる、と言うように、自分の考え方を宗教的な教育ですり込んでいたように見えていた。それは、あまり叱らず子供達の意見を尊重し、嫌われないようにしながら、無言の圧力をかけて洗脳していく超能力者のような教育だった。

自分の子供達は紗香や妹のようになってほしくない、自立できる人間に育てたい、どれだけ自分が嫌われようが、敵意を向けられようが厳しくするべきだ。勝也はそう思っていた。

勝也の娘はそこそこ頭も良く、それなりの高校に進学し、大学もそれなりの所に行けるレベルだった。しかし、高校1年の夏休みから勉強もせず毎日と言って良いほど彼氏を自宅に連れてきていた。進学を考える際、勝也は「目標がなく、遊ぶ為に大学に入るなら駄目だ」と娘に言っていた。しかし、「目指すべき目標があるなら金銭的な面では一切惜しまない」というのが勝也の方針だ。

結果、高校を卒業して就職するも続かず、店のオープンもそっちのけ。その後、語学を学びたいと海外へ2年間のワーキングホリデーに行くと言っていたが、それもわずか数ヶ月で帰国。その海外で出会った外国人と結婚。その結婚生活も続かず、数ヶ月で帰国したそうだ。知り合いからの伝え聞きなので真相は分からない。

息子はあまり勉強も得意ではなく勉強嫌いだったので諦めていたが高校に進学。勝也は息子の性格も分かっていたので、どうせ辞めるなら働くように諭したが、息子は絶対に3年間行くと約束したので進学を認めた。

しかし、やはり勝也の思った通り半年も経たないうちに退学。結局、就職先も勝也に頼り、勝也の知り合いの会社へ入社する事になった。その会社の社長は勝也より年下だがしっかりとした人で、立場的にはその人の方が上だった。業種的に勝也の会社がお世話になっており、仕事も貰う事がある立場だったからだ。

ある時、勝也の会社のイベントで息子の会社の社長を接待する事があった。そのイベントに勝也の息子も参加して手伝うように言っていたが、息子は朝帰りをして寝ていた。

勝也は息子をきつく叱ったが、息子は「オレは親父の会社の従業員じゃないから関係ないやろ」と睨みつけ、勝也の想いに反するような態度や行動で、反抗してきた。勝也は初めて息子に殴りかかった。この時、紗香が息子に覆いかぶさり、殴るなら私を殴れと息子をかばった。もちろん勝也は怪我をするほど力いっぱい殴る事はなく、平手で顔を叩いた程度だった。勝也はバカバカしくなり手を止めた。

「従業員でなくてもオレの息子や。それにオレの紹介で入社したのにそんな事も分からないバカか」

そして、顔も見たくない、家から出ていけと言った。やはり甘やかしてばかりの紗香とは子育ての価値観が違う。この時、息子は勝也の怒りようから察したのか、それには逆らう事なく、直ぐに行動に移し出て行った。

そこからは、苦しいながらも頑張っていたようだ。勝也は、一切連絡も取らず間接的に紗香や周囲から聞く程度だったので息子がどんな生活をしていたのかは分からない。

それでも息子は、困った時には頼ってくる。紗香も息子も本当に頼りない。そして、何より手を差し伸べる親がバカだと勝也は思っていた。社会人になり立派になって自立したのにいつまでも親が気にかける必要はないと思っている。甘やかすときりがない。

江美は、子供の面倒を見るのが親の責任やと言っていたが、何歳まで子供として接するのか？　30歳を超えても、40歳になっても親の財布を持たせるのが正解なのか？

勝也は子供達がある一定の年齢になれば、家から追い出してでも自立させるのが正解だと思っている。

江美は、こうも言っていた。

「お母さんは何歳まで働いたらええんや？」

勝也は、江美が甘やかしたので、自業自得だと思っている。

確かに江美の一生懸命頑張る姿は素晴らしい。才能も努力も認めていたし、現在でも現役で頑張っているが、老いには勝てないと思う。

子供達が一生生活できるだけの資産・財産は残しているだろう。江美は他人からどんな風に見られようとも関係ない。それだけ娘達への愛が強かったのだろう。

勝也は江美から色んな事を教えられた。

弓子の店、閉店

色々ありながらも、旅行にゴルフと紗香と毎日楽しんでいた。子供達も社会人になり学費など金銭的にも楽になったので自分達の時間を楽しんでいた。

そんなある日、母から電話があり話があると呼び出された。

「もう限界や、店もあかん。金もない」

当時、飲酒運転での罰則が厳しくなり客が減っていく中、常連客の体調不良や定年退職、そして天国に行く人もいて、客が激減していた。

弓子は紗香に気を遣ってギリギリまで言えなかったのだろう。勝也はウルウルとしたが耐えた。じっくり話を聞くと、長くかけていた生命保険も解約し、食費や光熱費を払っていたそうだ。勝也は少し怒りを覚え、何でもっと早く言わへんのやと怒鳴ったが、弓子はお前には言えへんやろと言い返してきた。

それもそうだ。江美との格差もあり、ギリギリまで頑張ったのだろう。言いたくても言えなかったのだ。本当に本当に、限界まで頑張ったのだろう。

弓子が住んでいたマンションは昔、付き合いをしていた方が買ってくれた分譲マンションだった。運良く、近くに新しく駅ができて価格も上がっていた。

弓子はその事も知っていたので勝也に「このマンションを買ってくれ。値段はお前が決めたらええ」そのお金で生活すると。弓子は精神的にも肉体的にもボロボロだったのだろう。もう勝也は涙を堪えられなかった。

「おかん、心配するな、贅沢はさせられないけどオレが面倒見たる」

弓子は昔から、「元気な間はほっといてくれたらええ。お母さんがどうにもならなくなったら頼むわ」と言っていた。冗談のように言っていたけど、勝也はその時が来たと思った。

寂しい時も辛い時もあっただろう。しかし、一度も泣きついてきた事がない。勝也は弓子に、家賃もないし、食費も大した事はないから、毎月お金は入れるようにすると言った。

やっと今から親孝行ができる。この時の為に紗香の家族を大切にしてきた。嫌な事も腹が立つ事も全て我慢して奥歯を噛みしめて耐えてきた。何も文句は言わせない。オレが母の世話をするんだと決意した。

大喧嘩・離婚

弓子の店が閉店すると聞いたのが11月。

近所の中華料理屋で紗香とラーメンを食べている時だった。勝也は紗香に、母親の店が閉店する事になったと伝えた。すると紗香はビックリした顔で、仕事はしないのかと言う。勝也は、とりあえずパートでも探す様にと言った事を伝えたが、紗香は、まだ若いのに仕事せなあかんやろと怒り気味に言い返してきた。

当時、勝也の母は62歳だったが、かなり老いていた。数年前からお店も客が来ず、家に帰っても孤独で、本を読んだりドラマを観たりと、身体を動かす事もしていなかった。だらしないだけかもしれないが、寂しさや不安で生きる気力もなかったのだろうと勝也は思った。紗香に何と言われたのか、はっきりとは覚えてないが、かなりバカにした口調で文句を言われた。そしてブチ切れた勝也は「離婚や、もうええ」と、その日のうちに家を出た。

事務所でも寝泊まりできるし、お店もある。母をバカにするような紗香や紗香の家族を何の為に大切にしてきたのか。何の為に妹達に気を使って生活してきたのか。色々な想いや感情が爆発した。勝也は感情的になると抑えられない紗香の性格を知っていたので、全てメールでやり取りするようにして、電話には一切出なかった。

すると翌日だったか2日目だったかに、紗香がメールで謝ってきた。

「私が間違っていた。生活費も入れてあげて、これからは食事や旅行にも誘ってあげよ」

勝也はこれを待っていた。この為に紗香の家族を大切にしてきたのだ。やっと理解してくれたと喜び、家に帰った。ゆっくり風呂に入り旨い酒を飲んだ。

弓子の店は年内で閉店する為、年末に店の片付けに行った。幼馴染の親友も手伝いに来てくれた。勿論、紗香は来ない。来てほしいとも言っていないから仕方ない。弓子はカラオケが好きで、当時では少し良い機械を買取りしていたので、勝也の店に持ち帰った。当然、紗香からは文句を言われたが、設置して歌えるようになると娘や妹達ともカラオケをして盛り上がっていた。

弓子のお店は賃貸だったので引き払った後、敷金の残りが返ってきた。27万円だったと思う。勝也は母に全て渡して、正月に入り用があったとしても3ヶ月くらいは大丈夫だろうと思った。そして、3月の中旬に弓子に会いに行った。

「そろそろ生活費入れた方がええやろ」

「丁度良かった。もう少ししか残ってない」

弓子は昔からお金を持つと気が大きくなるのか、直ぐに使ってしまう。パチンコで勝つと、負けた時の事を忘れ、友達にご馳走してしまう性格だ。勝也は母のその性格を分かっていたので、今後は少額ずつ渡す事にした。勝也は家に帰り、その事を紗香に伝えようと思ったが、中々言い出せない。どこかで何かを感じていたのだろう。

数日後、紗香とランチで近所の中華料理屋に行った時、勝也はそろそろ生活費入れなあかんのやと伝えた。すると、紗香は怖い顔でこう言った。

「まだ62歳で息子に食べさせてもらって、どんだけいい加減な親なん？」

続いて紗香は、私のお母さんは今でもバリバリ働いて子供の面倒を見てると。

またもや中華料理屋で、ラーメンを食べながらの大喧嘩だった。昨年11月の店とは違う店だったが勝也は妙な気分だった。この3ヶ月で何があったのだろう？　これからは食事や旅行にも誘ってあげよと言ってくれた紗香はどこに行ってしまったんだ。

一瞬で答えは出た。江美の洗脳だろう。物言わずしてコントロールする超能力のような物だ。

勝也は中古の家を買った頃の事を思い出した。当時、27、28歳だった。少し良いノートを買って日記を付けていたが、1週間も書かないうちに紗香に見られたら全てが終わると思い、海で燃やした事を。この頃既に、将来は絶対に離婚すると思っていた。江美の洗脳から逃れる事ができないと気づいた頃だ。

勝也はラーメンを残し、そのまま店を出た。紗香は車で帰宅し、勝也は徒歩で駅まで向かい途中でお好み焼を食べ、会社へ帰った。勝也は会社でパソコンをコトコト、離婚届をダウンロードし署名に捺印。最初は紗香とも揉めたが、条件として勝也は、会社の運営資金の1、000万円を置いて、残ったお金は全て持っていっていい、そして紗香の事は会社の役員として残して報酬は支払うからと伝えた。すると数日後に紗香は承諾した。

おそらく紗香は江美に相談したのだろう。江美が言いそうな事は想像できた。お金を貰えるのなら別れたらいいとでも言ったのだろう。勝也の想像だが、何十年も見てきているから、そう考えてしまう。江美は決して離婚を引き留めない。大切な娘が帰ってくる事に喜んだだろう。江美は何があっても娘達は守る親だ。

そして、紗香が会社の運営資金として残したお金は、貯蓄型の生命保険と投資信託、外貨預金、それと現金200万円だった。全て現金にすれば1、000万円は超えていたが、勝也は驚いた。これでは会社の運営資金にならない。外貨や投資信託は解約するにしても、生命保険は別じゃないかと。腹立ちを覚えながら、こう考えた。

（離婚する事が先決や。オレもまだ40歳、これから稼げばええ。とにかく離婚を優先しよう。もしお金が回らなければ誰かが無条件で貸してくれるだろう。今まで付き合いしてきた人達には、そのくらいの信用はある。そして、これから稼ぐお金の方が大きい）

勝也はしばらく事務所と店で寝泊まりしていた。荷物を取りに帰る時は紗香に連絡し、顔は見たくないから部屋から出てくるなと言った。ついでに署名と捺印だけした離婚届を置いていき、できるだけ早く出してくれとメールした。

離婚に承諾してくれたものの、不安も残っていた。また、江美が悪知恵をつけないだろうかと心配だった。しかし、荷物を取りに行った時に家の中がグチャグチャになって荷物の整理をしていたので、本当に離婚に応じてくれたと思えた。

勝也はほっとした、これで心置きなく親孝行ができると。

親孝行

勝也は弓子の家に行った。

「もう心配しなくていい。オレが面倒見るから気を使わなくてええ。離婚するんや」

「……もしかして私が原因なんか」

「ゆくゆく離婚する事は分かってたんや。それが今になっただけや」

弓子は何も言わなかった。

弓子は自分から何かをする気力もお金もなく、毎日韓国ドラマだけを楽しみにしていて、食事とトイレ、風呂以外に立つ事もない。このままだと車椅子か寝たきりになり兼ねないと思った。

弓子は昔から喫茶店やスナックと飲食店もしていたし、勝也の使ってないお店があるので弓子の健康の為に店をやろうと考えた。しかし、立つのも座るのもやっとと言うほど、弓子の筋力は低下していた。

勝也は弓子に運動しろと言い、勝也が通っていたスポーツクラブに入会させた。最初はプールで歩いたり、サウナや風呂に入ったらいい。慣れてきたら歩いたりエアロバイクで筋力をつけるように言った。

弓子はみるみる元気になっていった。食事に誘うと、グビグビとビールを飲み、

「カーッ！　運動した後のビールは最高やな」と、調子のいい事も言うようになった。

離婚は成立していないが紗香は出ていってくれたので、自宅をリフォームした。またまた先輩の大工さん、知り合いの業者さんに自宅のリフォームという事で無理を聞いてもらい、それぞれ破格の値段で協力してくれた。

勝也は、リフォームも終わりお店の準備も整ったので少し親孝行をしようと準備した。今まで旅行なども一緒に行った事がない。弓子は温泉が好きだがそれだけではつまらない。考えた結果、弓子の地元に行く事にした。車で6時間ほどかかるが、弓子の体力も戻ってきているので大丈夫。勝也は姉も誘い、親子3人で、弓子の育った町、近所の駅、そして通っていた小中学校、行ける所は全て周った。弓子は終始、目をギラギラさせながら、この駅はボロボロやったのに、ここに大きな本屋さんがあった、この道はこんなに狭かったかな?などとはしゃいでいた。1泊目は弓子のバイトしていた町の高級ホテル、2泊目は高級温泉でご馳走を食べた。

弓子は韓国ドラマが大好きだったので、その後韓国旅行にも連れていった。ガキの頃からお世話になっている兄貴の誘いもあり、ハワイにも連れていった。弓子より勝也自身が嬉しかった。

そして、昼のランチだけのお店をオープン。利益なんかどうでも良かった。弓子の健康の為だから。しかし、毎日顔を合わせているとやっぱり喧嘩にもなる。勝也の言う事は聞いてくれるが、あまり進んで協力はしてくれない。勝也は弓子に「ランチのメニューくらい考えてくれ。店に入ったら掃除より先に準備、掃除は終わってから」などと、小言を言うようになり、喧嘩ばかり。弓子の機嫌が悪くなった時は、弓子の好きな焼き鳥屋でご機嫌取りをした。それなりに親孝行はしていたが、全然物足りない。20年以上もほったらかしにしていたのだから。

ある日、役所から封筒が届いた。開けてみると離婚届けの受理だった。やっと離婚が成立した。勝也は本当に嬉しく、スッキリした気持ちになった。

それから数ヶ月後、勝也に彼女ができた。里美(さとみ)という年上の女性だった。里美は仕事をしていたが、自営業のエステティシャンだったので、空いた時間には店を手伝ってくれたり、弓子の話し相手になってくれた。仕事柄、年配の女性の相手をする事が多かったからか、弓子とも仲良くしてくれ、一緒に大阪に行ったり、韓国旅行にも行った。

旅行で歩き回り疲れた時には弓子の身体をリンパマッサージするなど、凄く良くしてくれた。それなりに親孝行している実感はあったが、勝也はまだまだ満足していない。

末期癌・母の死

年末から弓子の体調が悪く、少し長めの正月休みを取った。

新年の初営業の日、準備が終わり一人目のお客さんがオープンと同時に入ってきた時、弓子が座り込んでしまった。お客さんが帰った後、直ぐに店を閉めて病院に行かせた。

近所の内科での診察だけでは不安だったので、姉に電話をした。姉は大きな病院の医療事務をしていたので、直ぐに予約を取り、精密検査。結果は思った通り、乳癌からの全身転移で手が付けられない状態だった。

勝也と姉は弓子の性格をよく解っていたので全てを話す事にした。このまま緩和治療をするか、抗がん剤治療にするか、選ぶように言った。

「抗がん剤治療はお金がかかるから大変やろ」

「金はある。一切心配しなくてええ、おかんの思うようにしろ」

翌日、勝也は弓子の家に行き、どうするのか聞いてみた。するとニコニコしながらこう言った。

「おかあさん頑張るわ」

勝也は嬉しかった。

「辛い治療になるけど一緒に頑張ろうな。あと、治療が始まる前に旅行に行こう」

弓子はうなずき、一緒に大阪の鶴橋に行った。

以前にも勝也は弓子を連れていっていたが、その時にまた行きたいと言っていたので、ホテルを予約して1泊2日で食って飲んで楽しんだ。

抗がん剤治療が始まり、最初は大した副作用もなかったが、やはり治療が続くにつれ、毛が抜けたり、肌の色が黒ずんできたり、食欲もなくなってくる。半年ほど入退院を繰り返し、すでに脳の中にも癌が転移しており、三半規管がおかしくなったのか1日中吐いていた日もあった。こんなに苦しいなら殺してくれと言う事もあった。勝也は少しでも母の気が紛れればと、個室の広い部屋に移した。

そして、モルヒネの投与が始まると、弓子は、癌が治ったと退院した。帰りには、ピザが食べたいと言うので、テイクアウトして帰った。家に帰ってからは、昔からの弓子のお店の常連客で弓子の友達のような存在のおじさんが泊まり込みで世話をしてくれた。しかし、1週間ほどして体調が悪化した。

弓子は指を折って数え、そろそろやな、思ってた通りやと言った。勝也は涙が堪えられなかった。

勝也はとにかく、弓子と沢山話をした。弓子は、息子と仕事もできたし、何も後悔はないと言いながらも、最後に孫達には会いたいと言った。

勝也の息子は同じ建築設備の仕事をしていたので、時々連絡をしてきたり、正月には一緒に食事をしたので弓子とは何度か会っていたが、娘には何年も会っていない。離婚後に一度、食事をした際に大喧嘩をして絶縁していたので連絡が取れなかった。最後に息子だけでも会わせたかったが、息子も仕事の事で無責任な事ばかり繰り返すので、二度と顔を見せるなと追い出しており、連絡できなかった。

その日の夕方、弓子は意識をなくした。声が届く事はないと分かっていたが、酸素マスクを着ける弓子に勝也は声を掛けた。

「おかん、本当にありがとう。もう頑張らなくていいからゆっくりしろよ」

食事をして家に帰りしばらくすると病院から連絡があり、弓子が息を引き取ったと告げられた。直ぐに病院に行き、お疲れさまと言った。弓子は天国に行った。

親不孝・宗教的教育

離婚後の3年半、親孝行してきたつもりだったが、結果的に親不孝者だった。結婚してからの20年間ほったらかし、そして最後に孫に会わせてあげる事すらできなかった。やっと親孝行ができる環境になったのに、わずか3年半で亡くなってしまった。

勝也は申し訳なく情けない気持ちでいっぱいだった。

離婚後に勝也が娘と一緒に食事をした際、娘はこんな事を言っていた。

「離婚したのはお婆ちゃんの責任や。お婆ちゃんがええ加減な人間やから離婚になったんや」

弓子がだらしない人間だから離婚になったと。紗香の母の江美は一生懸命頑張っているのに勝也の母の弓子は最低だと。これで娘と大喧嘩をして縁を切った。

弓子が何をしたのか？　江美に雇ってもらっていたとはいえ、約10年も一生懸命働いていたのに。なぜバカにされ、虐げられて生きていかなくてはいけなかったのか？　恩があるからと、遠慮して１００歩下がって生活してきた。独りになり、孤独な想いもしながら62歳まで必死で頑張って生きてきたのに。

娘は弓子とほとんど向き合った事がなく、何も知らないのに何故こんな事を言うのか？　何故こんな考え方になってしまったのか？

勝也は江美の教育が悪かったのでこんな結果になったと思っている。紗香も、わずか3～5万円の仕送りさえ快く出してくれていれば離婚にはなっていなかった。勿論、勝也が浮気さえしなければ、お金の問題も勝也自身で解決できていた。勝也の責任でもある。

しかし、弓子には責任はない。息子が親の世話をするのは当然の事。今まで必死で生きてきてくれたのだから。勝也の息子も娘も同じマンションに住んでいながら、弓子の部屋に行く事はなかった。江美の無言の圧力。遠回しに弓子の悪口をすり込んでいたのだろう。

先日、娘から勝也に連絡が来た。その節はごめんなさいという謝罪と、子供が産まれた報告、勝也に会いたいなどと書かれた長文のメッセージだった。結婚の報告もなく、出産の報告もなく、ましてや弓子のお見舞いにも葬式にも来なかった娘。今さら何を言っているのかと思い、オレには子供も孫も居ないと思っていると娘を突き放した。そして、お前達みたいなバカな教育を受けた奴は自分の子供だとは思えない。江美の宗教の信者みたいなものだと返した。

すると娘は、パパの身内だって宗教しているのに宗教をバカにするのかと返してきた。確かに勝也の家庭は祖父の影響で宗教に入っている。しかし、娘や息子達には強要した事もなければ、勝也自身も宗教活動をしていなかった。それに子供達に宗教の事は言っていない。これも、どこかで紗香や江美にすり込まれているのだろう。

そもそも、娘が書いた「パパの身内も」という言葉に驚きを隠せなかった。パパの身内は娘の身内でもある。パパの母は娘の祖母でもあるのに。これが、紗香や江美の洗脳だろう。あっち側、こっち側と言ったように敵意すら感じる発言も多々あった。どうしようもない。そして娘はこうも書いてきた。パパは卑屈や、私には心がある。私の事は支配できないで。パパと縁を切る覚悟で言いたい事も言える。

娘は最後に、連絡したのが間違いやった。もう二度と連絡しないからと言った。しかし、数年前から勝也に年賀状を送ってきたり、勝也の近い知り合いに「パパに会いたい」などと、言っていたのは娘の方だ。勝也は全て無視をしていたがこうしてメッセージを送ってきたのも娘だ。何を考えているのだろう？　自分が縁を切ってSNSもブロックしたくせに今さら「パパに会いたい」と言ってきた。それで、こっちが反論したら倍以上も文句を言い、勝也の頭がおかしくなっているとまで言ってきた。

20年以上も我慢し、耐えてきての現在だ。冷静に考え、判断している。娘は仕事も続かず、勝也が離婚後に海外で困った時に使いなさいと渡したお金も使い込み、2年間の海外予定も果たさず、遊ぶだけ遊んで帰国、その後、結婚し海外に行くも逃げ帰り、都合のいい時だけ連絡してくる。

弓子の葬式にも来なかった。どこに心があるのだろうか？　そんな娘は勝也達の離婚が成立した日に入籍している。バカバカしい話だ。勝也はそれを知った時に笑いが出た。そして、こんなやり取りがあった翌年にまた、手書きのメッセージ付きで年賀状を送ってきた。勝也には何が何だか分からなかった。


息子は仕事柄、何度か近づいてきたものの、非常識な事をしたので突き放した。一度目は会社のイベントの時、二度目は勝也の会社の引っ越しの際、頼んでいた工事を放置した時、三度目は勝也の会社の従業員への態度が悪かった時。何度も勝也を怒らせていた。

当時、息子は勝也の身近に居たので弓子の入院は当然知っていたはず。なのに、お見舞いにも来なかった。さすがにお通夜、葬式には来たが、骨上げまで待つ事はなく、食事をして帰ってしまった。勝也は情けなかった。こんな事から血の繋がりはあっても子供達への想いはどんどん薄れていったのだ。

紗香の家庭

紗香の家庭は複雑な家庭で、父親は紗香が5歳の時に病気で亡くなっている。最初の方で出てきた色の黒いおじさんが紗香の父親のお兄さんだ。子供の頃は親戚だから世話をしていると思っていたが、大人になるにつれ現実が分かってきた。江美の実の兄ならともかく、夫の兄が毎日のように家に居るのはおかしい。

江美とおじさんは男女の関係だったのだ。その事から、色の黒いおじさんの息子や奥さんから度々嫌がらせを受けており、深夜に県外の親戚の所に夜逃げした事も何度かあったようだ。こんな事から家族の結束力が強まっていったのだろう。

紗香の3姉妹の一番下の妹は、この色の黒いおじさんの子供だそうだ。この話は離婚後におじさんの三男さんに聞いた話だから間違いはないだろう。偶然、スナックで会って離婚や昔話をしている時に聞いた話だ。

三男が言うには、紗香の父親は末期癌で入院中、とても子作りなどできるような状態ではなかった時の妊娠だったそうだ。おじさんは一番下の妹だけ異常に可愛がっていた。紗香や次女はいつも三女だけ特別扱いだと文句を言っていた。末っ子だから特別だと江美は言っていたが勝也は三男の話を聞き、真実が分かった。

紗香はおじさんの奥さんや息子達の事を怖い人達だと言っていたが、勝也は違った。数年間、おじさんの息子や奥さんと暑い時も寒い時も一緒に汗を流し、現場作業をしていたからこそ分かる。凄くいい人達だった。勝也からすると、やはり江美は普通じゃない。いくら夫が亡くなり寂しさや不安があったにせよ、夫の兄とそんな関係になるのは間違っている。おじさんの息子や奥さんは、そんな悪女の娘婿の勝也を可愛がってくれ、紗香や妹達の事もよく気遣ってくれていた。

紗香が怖い人達と言うのは嫌がらせを受けていたからだろう。しかし、おじさんの奥さんからすると、自分の夫と不倫をしている女が憎いのは当然の事。嫌がらせを受けても仕方がないだろう。それでも江美は勝也が仕事をする歳まで交際を続けていたのだ。

勝也は若い頃から自営業をしていて、色んな人と付き合い、色んな話を聞いてきた。ほかの同じ年齢の人間より、人を見る目は優れている。勝也は江美の半生を見てきたが、恐ろしい人間だと思っている。

そして、この人が言いそうな事、やりそうな事は手に取るように分かる。確かに仕事や人付き合い、それに頑張り続ける姿は尊敬に値するが、自分の為だけにどれだけの人間を苦しめてきたのか、どれだけの家庭を壊してきたのか、想像するだけでも恐ろしい。

実際に勝也から紗香を奪い取り、勝也の子供達まで奪っていった。勝也には色んな想いがあるが、結果的に現在では第2の人生を歩く事ができたので良かったと思っている。

ただ、子供達まで洗脳した事は一生許す事ができない。

思い出

勝也には色々と思い出す事がある。結婚生活中に紗香が言ってきた事。

「お父さんのお墓を建てるからお金を出してほしいとお母さんから言われた」

勝也は、「そうか分かった。50万でも１００万でも出してあげて」と言った。

いくら出したのかは分からないが、お墓が完成し、墓参りに行った時、墓石を見ると紗香の名前が赤字で刻まれていた。どういう事やと紗香に尋ねると、分からないと言う。紗香は勝也の嫁だ。父親の墓とは関係ない。名字も違うのに、その墓に入る事はないだろう。

後に聞いた話だが、韓国ではお金を出した人の名前を入れるみたいだ。しかし、ここは日本で日本人の嫁に来たのに間違っている。

それに韓国での風習を言うなら勝也もお金を出しているので勝也も入れないといけないだろう。勝也は頭がおかしくなりそうだった。

そして、勝也は自分の父親の墓も建てていなかったので、参考までに墓を建てるのにかかった金額を聞いた。しかし江美は「それは言えない」と言う。なぜ隠す必要があったのだろうか。勝也もお金を出しているのに。この墓の事ではなくても、一般的な金額だけでも教えてくれたらいいのに、「言えない」なんて、どういう事だ。妙な気分だった。

それから数年後、弓子が交通事故に遭い、車が廃車になってしまった時。勝也は姉と相談し、半分ずつお金を出し合って、母に車を買ってあげようという事になった。

紗香に相談すると、紗香はこう言った。

「車くらい自分で買わないとあかんやろ」

勝也はびっくりした。自分の親の墓にはお金を出せるのに、夫の母の事では出せないのか。亡くなって何十年も経つ人のお墓より、生きている人の生活の方が大切だ。お墓も大切だが、弓子は車がないと仕事も生活もできない。勿論、お金がない弓子が悪いかもしれないが、見舞金として、考えてくれてもいいだろう。高級車でもなく、中古の軽四自動車なのに。

結局、色々と文句を言いながらも出してくれたが、勝也はスッキリしなかった。

そもそも、毎年、盆も正月も紗香の家が優先で、勝也の家は二の次。逆じゃないか。17歳で子供ができ、県外の江美の実家に挨拶に行った時、土下座して挨拶をするよう強要された。跪いて両手を付き頭を床に付けて挨拶した。勝也はその時は何も分からず従ったが、今思えばモヤモヤする。韓国では風習のようだが、何度も言うが、ここは日本だ。

紗香は挨拶の為に、勝也の祖父や祖母に会いに来た事もない。何かのついでに挨拶をした程度だ。全て紗香の家庭が中心。間違っていると思いながらも勝也は我慢してきた。勿論、浮気をした事は悪かったが、その環境を作った紗香の家族にも問題があったと思っている。前に勝也の娘がこんな事を言ってきた。

「パパは離婚を後悔して、お婆ちゃんの悪口を言っている」

娘は何も分かっていない。悪口を言うのは離婚したからではなく、今まで受けてきた仕打ちや屈辱、そして子供達を洗脳したからだ。

勝也は一度も離婚を後悔した事がない。むしろ、すんなり別れてくれて感謝しているくらいだ。あのまま一緒にいても、大嫌いな江美に合わせて生きていかないといけない。おまけに結婚しない紗香の妹達の世話までしないといけない。なので、離婚して肩の荷が下り、スッキリしている。人生死ぬまで勉強だと聞いた事があるが勝也はそれを実感している。

現在

勝也の母が亡くなってから、一緒に暮らしていた里美とは性格の不一致で別れた。彼女は弓子と仲良くしてくれていたが、生前に弓子がこう言った事があった。籍を入れるのは、お母さんが死んでからにしろと。彼女が頻繁に結婚や入籍などと言っていたからだ。弓子も色々と苦労してきた人生なので、分かっていたのだろう。勝也はこの言葉に感謝した。

勝也の離婚前は、紗香の妹達や自分の子供達と生活していて、急に離婚をしたので寂しかったのだろう。里美には息子が居て勝也の息子と友達だったので、離婚前からの知り合いだった。勝也が離婚した事を知り、頻繁に店に来るようになり、宴会の予約が入ると手伝いをしてくれていた。

里美の家と勝也の家は遠かったので時間が遅くなると勝也の家に泊まり、翌日帰る事もあった。勝也も急に一人になり寂しさがあったので里美を受け入れた。そして里美は毎日勝也の家に泊まるようになった。里美は少し強引だったので、勝也は直ぐに出ていけるように段ボール箱1個分だけの荷物にしろと言っていた。

しかし、1年もすると全ての荷物を持ってきていた。彼女も仕事をしていたが、一緒に生活するようになってからは、生活費を渡していた。

里美は旅行が大好きでよく旅行や外食に行っていたが全て勝也が支払っていた。勝也は自分の彼女だから当然だと思っていたが、渡していた生活費は何に使っているのか気になるようになってきた。自営業のエステティシャンなので、それなりの収入もあっただろう。数年もすると、頻繁にお金がない、足りないなどと言うようになっていた。この頃から勝也は別れたいと思うようになったが、里美も歳を取っていたので責任感から辛抱していた。

勝也は仕事と弓子の病院通いやお見舞いなどで忙しくしていたが、弓子が亡くなり時間ができると里美の事がよく見えるようになり我慢ができなくなっていった。

喧嘩になり話し合いや質問などをしても、会話が通じなかった。質問にイエスでもノーでもない返事が返ってきたり、勝也が言った事にも耳を貸さない。

何度か嘘をつかれた事もあった。我慢も限界になり、勝也は弓子のマンションで生活した。里美に出ていくように言ったが、里美は勝也の家に居座って出ていかない。仕方なく里美が仕事で出かけている間に玄関の鍵の暗証番号を変え、入れないようにした。

里美は頻繁にお金がないと言っていたので勝也は車も与え、生活用品なども揃えた。数年間一緒に暮らしてきた事もあり、弓子と仲良くしてもらった感謝の気持ちもあったので、別れてからも半年間は生活費を振り込んでいた。こんな事から生前に言った弓子の言葉を思い出した。

勝也は二度も失敗をしているので、慎重に生きていこうと決め、彼女ができても、慎重に、慎重にと考えた。

その後、休みの日に食事やドライブなどと一緒に出かける女性の友達も何人かできた。真剣にお付き合いした女性も居たが、子供が居たり親の事だったりと問題があり、結局上手くは行かなかった。

何年も独り暮らしで、孤独な生活をしていた時にコロナ禍が襲う。この頃には彼女を作るのは諦めていた。彼女じゃなく女友達で楽しく遊びながらやっていこう。

しかし不思議なもので、諦めると出会いがある。今流行りのＳＮＳがきっかけで出会った女性。家も近くお互いの環境も似ていた。毎日毎日、何時間も電話で話をした。数日間、電話で話し、お互いの想いを話し合い、会う事になった。

その女性は幼少期から苦労もしていて、結婚し出産直後に旦那さんの浮気で離婚している。そして、シングルマザーで娘を育てている。

勝也の感覚ではシングルマザーと言えば水商売などを想像してしまう。それは勝也自身がよく飲みに行っており、そんな女性をよく見ていたからだ。しかしこの女性は違った。仕事が終わり空いた時間にコンビニでバイト、休みの日には訪問介護といった働き者だった。

勝也は会う前から、顔も見た事のないこの女性と付き合おうと決めていた。電話での会話だけで彼女の性格も分かった。彼女は勝也の質問に対し、正直で的確に答えてくれた。コンビニのバイトや子育ての事など、貧しく恥ずかしい話なども軽く笑い話にしていた。会話の中で嘘を言っていないのが分かった。

勝也は居酒屋やスナックなどで、女性に対し「オレは優良物件だ」と言っていたが、自分でも本当にそうだと思っていた。

離婚してから2年後には、古い物件だが土地と建物を買い自社物件になり、その3年後には、大きな新築の家も建てた。住宅ローンはあるが、その他の借金はない。35歳の頃には年齢的に、社会的信用も欲しいと個人事業から法人にして、小さな会社だが一応社長もしている。料理も掃除も何でも自分でできる。家も綺麗にしているが潔癖ではない。

何より、子供も自立（疎遠）していて両親も他界している。親の介護の心配もない。

頑固で変わり者かもしれないが、相手を思いやる気持ちも持っているつもりだった。

そして、彼女と会って話をした。思った通りの人だった。付き合おうとも何も言わないまま強引に彼女にしてしまった。それを後押ししてくれたのが彼女の娘だった。娘は当時27歳。最初に彼女に会ってから、直ぐに彼女の娘も食事に招待した。娘も勝也の事を気に入ってくれたようだった。

その日、勝也の家で食事をして帰った彼女に娘が、泊まってきたらいいのにと言ったそうだ。それから彼女は毎日泊まるようになった。今までの事、これからの事、色々と話をした。彼女の親の事、子育てに対しての考え方、そして今後の生活など、全てが勝也と同じ方向を向いているようだった。必死で貧しく贅沢など一切ない生活をしていた彼女だが、苦労とは思っていないようだった。むしろ勝也に話す時は面白おかしく話してくれた。

勝也はそんな彼女に惚れていった。勝也は少しお金に余裕があったので高級料理や旅行など、色んな景色を見せるのが楽しかった。彼女は毎回驚いてくれ、凄く感謝してくれる。勝也は今まで味わった事のない満足感を覚えた。

それから約3年、やはり色々と問題はあるものの彼女は思った通りの人だった。勝也は付き合う前から彼女に言っていた。子供を作る訳でもないし、困る事はないので入籍はしないと。これは何度も失敗を重ねた自分の考えと、再婚・再再婚としてきた勝也の先輩方の話を聞いているからだ。「女は結婚したら変わる」と何度も数人から聞いていた。分からなくもない。勝也が数年間一緒に住んで居た前の彼女は「入籍、入籍」と何度も言ってきたが断っていた。しかしその彼女は入籍しなくても変わっていった。嘘もつき、聞いた事にも答えない、頼んだ用事もしてくれない。勝也の生活の手助けなどする事もなく、自分は仕事や旅行などやりたい放題だった。結婚していたらとんでもない事になっていただろう。

現在一緒に暮らしている彼女は全て勝也を優先的に考えてくれている。彼女は逆に、結婚しなくてもいい。入籍しないといけない理由もない、一緒に居られるだけで良いと言ってくれている。

16歳から毎日酒を飲み続けている勝也は、最近、血圧も高くなり身体の衰えも感じ始めている。人生を振り返り、自分と同じような想いをしない様に、自分と同じような失敗をしないようにと、知り合った人に伝えて行っている。

今現在、離婚してから約11年。今でも紗香は勝也の会社の役員として在籍している。娘とのやり取りや離婚後の想いなどで、最初に約束した役員報酬から金額は減らしたが、十分マンションの家賃くらいにはなる報酬は支払っている。

社会保険も、厚生年金もかけている。これは勝也自身の責任だと思っている。色々な想いがあるが、紗香も江美の宗教の被害者だと考えている。

宗教自体が悪い訳ではない。勿論、宗教で救われる人も沢山居るだろう。しかし、一方では金銭的な被害や、精神的におかしくなってしまったり、その宗教的な考え方で人生を失敗する人も居るだろう。事件や事故の原因となっている宗教などもある。紗香もあれだけ勝也とは別れたくないと言っていたが結果的に別れる事になり、家族もバラバラになった。後者の方だろう。

勝也が何も分からない17歳の頃からパートナーとして支えてきてくれた感謝の気持

ち、そして勝也の子供を産み、家族を守ってきてくれた感謝。そして、紗香が居なければ勝也の成功もなかっただろうという想いから、会社の経営が順調に行っている限りは金銭補助を続けるつもりだ。

勝也は、これまで何人かの女性にこの話をした事があるが、否定的な答えしか返ってこなかった。「別れた嫁にお金を払うのはバカだ」とか、「まだ元嫁に未練があるのか？」など。

しかし、今の彼女は違っていた。勝也を褒めてくれた。その彼女は、「偉いな、立派な考え方やわ」と言っている。

前の章でも書いたが、今でも勝也は子育てとは自立させる事だと思っている。先日、息子に子供が産まれたと紗香からメッセージが来た。息子は一度結婚したが直ぐに離婚している。勝也は再婚した事など聞いていない。かつて仕事で独立するというので勝也が協力したが、その仕事も辞めている。

勝也は紗香に、結婚の報告もないのに孫の報告か？　今さら必要ないと返した。息子本人から勝也に連絡が入るのではなく、紗香からの報告だ。娘の時も同じだった。

勝也は怒りを感じた。そして、娘との以前のやり取りでも怒りが爆発していたので、勝也は紗香に返信した。子供達に相続放棄させろ、承諾したら弁護士から書類を送ってもらうからと。紗香は、分かりましたと返信してきた。それから半年以上も経つが何の連絡も入らない。毎月の役員報酬のお礼だけだ。

勝也には、それなりの資産・財産がある。決して子供達に残したくない訳ではない。ただ、勝也や弓子の事をバカにしてきた子供達には、勝也の財産を当てにするなと言いたいだけだ。

江美は子供達に残す方針なので、生命保険の事や、自分が亡くなった時の事を冗談交じりに言っていた。勝也の子供の前でも、自慢げに話をしていた。

子供達には親の財産など当てにせず、自分で生きていってほしいと思っている。このやり取りで紗香は反論せず、分かりましたと言ったが、未だに何の連絡もない。勝也は何十年も紗香と生活してきて紗香の性格はよく分かっている。紗香はこんな話をなかったかのようにする人間ではない。かならず何らかの返信をしてくるはずだ。

勝也が想像するに、紗香が江美に相談し、おそらく江美が相続放棄などする必要はないと言ったのだろう。話を途中で放置するような紗香ではないからだ。

勝也は、江美が、ほっといたらいいと言ったと思っている。結婚生活中に江美をよく見ていたが、彼女は、ちょっとしたトラブルがあっても強気な発言をしていた。面倒くさい話になると「そんなもんほっとけ」などと強い口調でも言っていたからだ。勝也は自分の実家にはあまり帰っていないが、紗香の実家には頻繁に行っていたからこそ、大体の事は想像できる。江美なら相続放棄どころか、貰えるものはちゃんと貰えと言うだろう。

さっきも書いたが、勝也は子供達に残したくない訳ではない。紗香や子供達がここで「分かった。今までありがとう」くらい言ってくる人間であれば相続放棄の話などしない。

このままほったらかしにされるなら、別の方法もいくらでもある。付き合いのしていない血縁関係より、現在自分と共に働いてくれる従業員や、自分と共に生活してくれている人に残すのが正解だと思っている。勝也は昔のようにバカではない。お前達の考え方は間違っている。これが子供達へのメッセージだ。

最終章

勝也は50歳を過ぎ、今までを振り返った。想いが過る。感謝や後悔、反省や恨みなど、過去には色々な事があったが、しかし一番大切なのは現在から未来だ。

勿論、お世話になった人への感謝を忘れた訳ではない。自分にとって考えた時に、これからの方が大切だと思ったからだ。子供達は自分の力で生きていけると信じ放っておこう。

つい最近、心房細動と心房粗動という病気が発覚した。16歳から酒を飲み続け、不摂生してきた付けが回ってきたのだろう。年に一度の簡易人間ドックで分かった事だ。無症状だったので驚いた。

別に人生に後悔もなく、いつ死んでも構わないと思っていたので放っておいたが、一緒に暮らしている彼女が口うるさく、何度も何度も病院に行けと言うので仕方なく病院に行って検査した。

この病気は放っておくと心筋梗塞や脳梗塞のリスクがかなり上がるらしい。勝也はそれは困ると思い、せめて終活をしてから死にたいとカテーテル手術を受ける事にした。

リスクが少なく簡単な手術で70～80％の確率で完治するみたいだ。彼女が言ってくれなければ病院に行く事はなかっただろう。突然死もありえただろう。彼女は命の恩人だ。

手術の時、書類を書く際に承認だとか本人との関係だとか、面倒ばかり。自分が亡くなったら後の事はどうなるのだろう？　色々と考え、直ぐ行動に移した。

婚姻届けをダウンロードし記入、証人欄は姉にお願いした。離婚届は経験があり知っているが、婚姻届けを見たのも記入したのも初めてだ。

彼女には内緒にして、相談などしていない。手術の前日に入院し、彼女が帰る時に封筒を渡した。中身が何かは言わず、家に帰って一人の時に封筒を開けろといった。

一緒に暮らしていると喧嘩をする事もある、彼女の娘や身内の事などで揉める事もあった。勝也はきつい性格なので酷く罵ったり喚き散らしたりもした。しかし彼女は出ていったりせず、その度に理解してくれた。そんな感謝の気持ちと、これからの自分の考え方、これからの自分達の生活の事などを手紙に書き、一緒に婚姻届けを入れた封筒だ。

彼女は数時間後にメッセージを送ってきた。手紙を読み大泣きしたと。凄く喜んでくれていた。勝也は彼女の気持ちなど聞かず強引に、日付とサインして提出しろと書いたのだが、サプライズになったようだ。サプライズなどしない勝也にとっては初めての事だった。

せっかく寿命が延びたのだから、これからの人生を最高のパートナーと過ごしたい。寿命を延ばしてくれた彼女に感謝を伝え、幸せになってもらいたい。

人それぞれ色んな人生があるが、勝也は今の生活に満足している。今までは失敗と後悔ばかりだったが、それも人生だと思っている。

親孝行も自分が納得するほどできていない。全てが上手く行った訳ではない。しかし現在は幸せを噛みしめている。

親に対しての後悔はあるものの、母の記憶がなくなる前に話し合った。勝也は母に、「おかん産んでくれてありがとう。おかんの子育てだったからこそ社長にもなれた。ほんまに感謝してる」と伝えた。母も「ありがとう、最後には一緒に仕事もできたし、お母さんもホンマに良い人生やった」と言ってくれた。

勝也はこの言葉で全て満足した。涙が止まらなかった。この会話が最後になるのが分かっていたから。

勝也は仏壇に手を合わせ、天国の母に伝えた。

「おかん、もう少し待ってくれな。これだけ不摂生してきたけど、少し寿命が延びたみたいや。時が来たらそっちに行く。その時は一緒に飲もうな」

〈著者紹介〉
NIKO.F
昨今の変わり行く時代の中で、人生の中盤を迎えた私は、子育ても終え、自らの経験や他人の人生を振り返りました。
そしてペンを執り、これからの若者や現在大変な思いをしている人達へ「諦めずに頑張れば必ず乗り越えられる」そして「乗り越えてもらいたい」という思いを込めて本書を書きました。

逆境（ぎゃっきょう）

2024年10月11日　第1刷発行

著　者　　NIKO.F
発行人　　久保田貴幸

発行元　　株式会社 幻冬舎メディアコンサルティング
〒151-0051　東京都渋谷区千駄ヶ谷4-9-7
電話　03-5411-6440（編集）

発売元　　株式会社 幻冬舎
〒151-0051　東京都渋谷区千駄ヶ谷4-9-7
電話　03-5411-6222（営業）

印刷・製本　中央精版印刷株式会社
装　丁　　弓田和則

検印廃止

Printed in Japan
ISBN 978-4-344-69129-2 C0093
幻冬舎メディアコンサルティングＨＰ
https://www.gentosha-mc.com/